窗

曾湘綾
驚悚小說選

為「甜人」說故事

可不可以

詩／曾湘綾

攝影／王俊智

可不可以
變成你
窗前，穿風的蝴蝶
為你飄泊的雲
開祕密的小花，聆聽
似檸檬的心
吐露細細的聲音
任香氣喚醒，昨夜
鞦韆下的月光
可不可以，在你
青春的眼眸
蘊釀羞澀，輕輕
埋伏踟躕的風
閃爍海洋般
蜜糖似的天空
飛行，默默走過
長成一棵，為你
開花的樹

推薦序／窗外的桃樹精

曾大衡

還記得小時候，總愛跟著姐姐們一起蓋著棉被，窩在客廳的沙發上，準時收看《青青河邊草》，但每每還看不到完結，就被迫要離開去房裡睡覺。一開始總是心不甘情不願的想盡辦法拖延時間，但自從大姐跟我說了一個故事之後，每次只要時間一到，經過他們的提醒看向窗外，不用三催四請發脾氣，我二話不說的馬上飛奔進房。

我們當時住在《灰樓》的宿舍裡，座落在城市中的世外桃源，如同書中所說，野草隨著年月越加肆意冒長，林園葉片更形遮天蔽日，從客廳的窗戶看出去，好幾顆長得著急的桃樹隨時都快要與窗框同高。大姐說，在很久很久以前，有一群專門抓不乖小孩的桃樹精，只要小孩一不乖，桃樹就會長高一吋，等到跟窗戶齊高，桃樹精就會跳進窗戶將壞孩子給抓起來。從那天開始，平常吃飯總是很慢的我，坐在飯桌前，兩口飯當一口吃，眼睛直瞪瞪的盯著窗外，就怕一個不注意桃樹就又要長高。當然有得時候我也調皮的再次耍賴，這時姐姐們就會指著窗外的桃樹說：「你看，桃樹又長高一吋了」，我就又馬上正襟危坐不敢造次。

雖然我已經長大，知道大姐說的桃樹精故事是騙人的把戲，但每當再次回到灰樓，看著那些桃樹，還是不由得會毛骨悚然。

這次大姐的新作，驚悚懸疑小說集《窗》，不知道跟我們灰樓家的那扇窗有沒有關聯，但開啟她編寫驚悚懸疑故事的底蘊還有功力，絕對跟當初窗外為了嚇我的桃樹有密切的關係。文字讓人有無遠弗屆的想像，當我閱讀《窗》這本小說，每一個故事就像一部電影，除了畫面感十足外，卻又讓人沈迷在每個人物角色曲折離奇的心理狀態裡，甚至是每個呼吸與心跳都能真切感受。放下書本後的餘韻，是讓你打開臉書，對於陌生訊息有了幻想；看著水族館裡的海馬有了故事，還有半夜絕對不會再吹起口哨。如果想要這樣沈浸式的小說閱讀體驗，就真的要來好好感受一下《窗》帶給你的心理刺激。我就大概先分享到這邊了，因為窗外那顆桃樹好像又長高了一吋。

曾大衡

編劇、導演、製作人。現任：好看娛樂戲劇總監。

自序／癮

許是周一又近中午的關係，整間佔地不到五坪大的診所櫃台，除了我和賭氣待在寵物袋的糖糖外，就只有盯著電腦發呆的護士了。

醫生不知讓什麼絆住，久久沒有消息，手上燙嘴的無糖拿鐵，不知何時變得微涼，滑入舌尖，竟有了淡淡苦澀的滋味。那苦澀，總能讓我在漫長的等待中，得到溫暖的慰藉，甚至不惜飲用過量，為此長久失眠。

這時，你若曉得，我又背著你，偷偷喝起咖啡來，必要皺著眉頭，怪起我的任性妄為，叨唸著，「不是都跟妳說了嘛，一天頂多只能喝一杯，妳老犯規，老愛依賴咖啡因，給妳安全感，給妳寫小說的靈思，難道妳不曉得這東西過量了，會讓妳上癮頭疼，叫你徹夜難眠嗎？屆時，就算妳能召喚想像中的奇幻精靈，寫下仿如「聊齋」般，令人心蕩神迷的故事，又能如何？」

唉，我自然曉得。年少的你，生怕魍魎魑魅，寧願我寫不出半個鬼故事，寫不出任何讓你臉色發白，卻暗中欣喜的傳說，都期盼我能聽你的話，乖乖戒掉喝咖啡的癮，深怕我因此心悸，終日頭疼難安。可如今，沒有了你，細細的提點，輕輕的埋怨，在你眼中不可饒恕的犯規，似乎也成了我存心惦記你的理由。

不久診所內，最初漆黑一片的房間，突然亮了起來，劃破滿室的沉寂，瞬間，將我從咖啡的異想中，召喚回來。我看見醫生一身潔淨的白袍，悄悄推開門，莞爾探問，「小傢伙，這回又怎麼了？該不會是跟誰家的貓咪槓上，臉蛋掛采了吧。」

進了診療室，糖糖從寵物袋裡鑽出來，柔順且安靜地讓醫生左右擺弄，絲毫沒有焦慮，彷彿懂得，跟前這位溫柔的醫生，足以安撫紓解牠小小的病痛，而牠，只要乖巧的依偎在他的懷裡，靜候時光消逝，為牠帶來解放的自由，一切，又能回到過往的美好，無須如我，仰賴咖啡迷離的芳香，才能感到莫名的穩妥。感覺年少的你，又坐在我書房的角落，凝神憂懼地閱讀我筆下令你驚心動魄的小說。聽你，邊讀邊看，邊小小聲的怨懟，「哇，真可怕！」卻又不捨放下，仿如對我寫的故事，上了癮。

一會，我望著糖糖，察覺牠靈動的眼睛，恍惚有誰的影子，晃了一下。那是一個穿著綠色手術服，看來無比羞澀的年輕人，正怯生生地站在角落，醫生的身後，望著糖糖對他喵嗚、喵嗚，親膩的撒嬌，也露出他頰上忽隱忽現的梨窩。

啊，怎麼會呢?明明不是你，卻又是你，來到我眸中。我聽見自己的一顆心，輕顫的回音，聽見護士向我引薦，這位是診所新來的實習醫生，也愣愣地由著那人，對我綻放，宛如你，羞澀的笑意，彷彿向我，悄悄地探問，那些好聽的故事呢?你，正等著。

目次

散文詩／章家祥

曾獲2016、2017年原住民文學獎新詩類優選。詩作散見各報副刊。

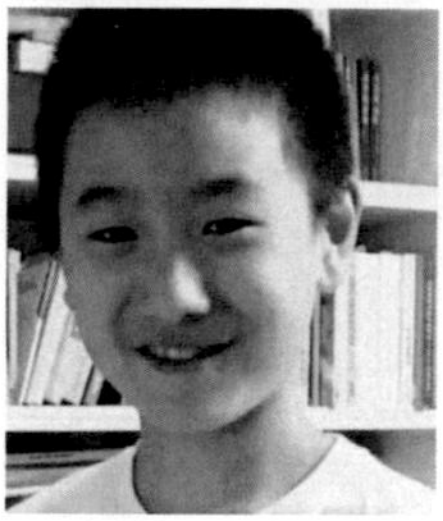

內頁攝影配圖／王俊智

作品散見各報副刊。

1 半夜不要吹口哨

攝影／王俊智

半夜不要吹口哨

章家祥

噓！別出聲，千萬別
吹口哨，是飛蛾撲火的心靈表徵
藏匿一齣不曾公演的華麗莎劇
偷偷在半夜的鏡子裡，上演，你與我與她
半夜不要吹口哨，會讓心室顫動的頻率
一瞬間戎馬倥傯，所以靜靜地聆聽，一顆心
融化在烈陽下的熱情，會在半夜冷卻，像火星
遠在宇宙的那一方，記憶會保存的黑洞裡
分解再組合，散落在火山灰炙熱的耳語中
半夜不要吹口哨，因為它會帶來真實，自我
恐懼的人性剝離，因為它不屬於故事，想像
這是公開的祕密，要自己嗅聞玫瑰的芬芳，才記得住
所有的執念，才能被保留

半夜不要吹口哨

假人頭夢夢

假人頭送來那天，阿家正好感冒在家，幾個固定找他洗頭的客人，全都敗興而歸。窗外更是陰雨連綿，不過午后，天便暗了下來。以往一位難求的「愛髮」設計坊，這會竟然半個來客也沒有，有的只是電台傳來的輕音樂。

「這雨再不停，連人都要跟著發霉了。」裘莉邊滑手機，邊無奈的說，這時身邊的假人頭，彷彿動了一下，微微發出嘆息。

半小時過去，雨不只沒有停的跡象，反倒越來越猛烈，設計坊外面的馬路，剎間塞滿了大大小小的車輛與穿梭不息的傘影人潮，似乎全讓雨給困住了。因為生意冷清，幾個到店裡實習的小妹，乾脆拿出假人頭來練習染燙技巧，好為周末的測驗做準備。

「小梅，妳知道嘛，我們美髮這行可是有禁忌的。」個子矮小又滿臉雀班的湯包，講起話來老是神祕兮兮。

「什麼禁忌啊？我沒聽說耶。」身型高挑的小梅，拉著假人頭烏黑的長髮，隨意應付了湯包兩句。

「我聽阿家哥說，美髮業有兩個禁忌。第一，千萬不要半夜吹口哨，第二，要善待你的假人頭，以免假人頭作怪。」

說著，說著，湯包順勢舉起假人頭，對著小梅鬼吼鬼叫起來。就在湯包跟小梅忘情的打鬧，店裡的門，突地沒來由地打開，一陣冷風猛然灌了進來，緊接著又是雷鳴閃電，驚得湯包的手一滑，竟把假人頭摔了出去，等湯包急忙追到門外，已經來不及，假人頭老早被呼嘯而過的摩托車，給輾了過去，咔擦一聲，在湯包的面前裂成兩半。

這下不得了，湯包讓突發的景象給嚇的面無血色，整個人趴在門外，不斷喃喃念著：「完了，完了，假人頭肯定會來找我復仇。」

等小梅從店裡衝出來，早已不見湯包的人影。由於事發突然，大家在無計可施的情形下，只好通知病中的阿家出面解決。

「湯包的假人頭呢？」沒多久，只見阿家滿臉病容戴著口罩趕回「愛髮」

設計坊，一進店裡隨即抓著小梅的手逼問：「湯包人呢？還沒找到嗎？你們報警了沒？」

「阿家，你先冷靜下來，湯包人是找到了，可她癡呆的抱著斷裂的假人頭不放，嘴巴一直喊著，她對不起假人頭。店長因為不放心，已經把她送去醫院。」裘莉要阿家穩定情緒，再思考要如何幫湯包，排除心中的恐懼。

「唉，我不知道要如何幫她，開美髮院的母親只是警告我，既然要走這行，就要嚴守這行的禁忌，千萬不可蔑視，以免惹禍上身。」

阿家跌坐在椅子上，望著「愛髮」設計坊四面八方的鏡子，腦海裡不斷浮現過往一幕幕可怖的影像。

阿家忘不了母親店裡那個洗頭小妹，令他驚惶的遭遇。那年阿家才八歲，與長他沒幾歲的洗頭小妹阿惠，感情好得就像親姐弟，沒活的空檔，阿惠總會帶阿家到處溜達玩耍。有回阿惠一時興起，竟然趁著阿家的母親不在，半夜吹著口哨，拿著她練習染髮用的假人頭，跟阿家玩起辦家家酒的遊戲。

「阿家，這假人頭從現在開始，就是你的老婆夢夢，以後你要愛她，照顧她，讓她快樂、幸福哦。記住，千萬不可以玩弄她，不然你就糟了。」

初始不過是場遊戲，卻因為阿惠詛咒似的玩笑話，害的當時年幼的阿家，連續做了好幾天惡夢，這事後來被阿家的母親知道了，免不得害得小惠挨了一頓打。說也奇怪，自那天起，阿家總覺得那個叫夢夢的假人頭，成天在店裡盯著他看，那美麗的眼神竟有種說不出的溫柔，可又不是母親對孩子的關懷，而是讓阿家輾轉難眠的神祕的溫暖。好像假人頭夢夢，夜夜就躺在阿家的懷裡，跟著阿家一起相擁入眠。那親膩的感覺，非但不可怕，對當年小小的阿家而言，更有份難以言喻的甜蜜。

甜蜜的詛咒

這份甜蜜，要不是因為阿惠的無端病故。說不定阿家至今仍會懷念不已，恍若夢夢是阿家的初戀。那年阿惠的病，來的又急又快，醫生尚未查出真正的病因，在入院不到三天，阿惠就吐血身亡。臨死前，只跟母親說：「師傅，我對不起妳。」究竟對不起什麼？沒有人清楚。隨著阿惠的驟逝，日子久了，連那顆叫夢夢的假人頭，也不知讓母親丟到哪去。

陷入回憶的阿家，為此不由感到憂懼，湯包的精神異常，除了遭到意外的驚嚇，會不會真的跟美髮業的禁忌有關。阿惠和湯包，前後相隔十多年，一樣在對假人頭做出不敬的行為後，有了雷同的可怕遭遇，這難道是巧合？倘若不是，那便是湯包口中，可怕的詛咒了。

隔日，阿家回「愛髮」設計坊上班，所有指定他為設計師的客人，都能感覺他的異常。某位熟客出於關懷，禁不住探問：「怎麼了？老覺得你心神不寧？」

「沒的事，您多想了。可能是這兩天感冒吧，顯得比較沒精神。」為了不讓湯包的事外傳，影響店裡的生意，阿家只得三緘其口。可腦中，仍不時轉著過往那段不尋常的回憶，試圖在回憶裡，尋找一絲可能的線索，足以幫助疑似中邪的湯包，儘快脫離險境。

就在阿家陷入沉思，客人突地指著鏡中的假人頭讚嘆的說：「哇，簡直跟真的一樣。若是真的，必然是楚楚動人的美女。聽說你們這行，都會幫假人頭取名。那她呢？這美女叫什麼名字？」

「夢夢。她叫夢夢。」阿家不加思索地脫口而出，連他自己都嚇了一大跳，他怎麼會著魔似的，叫出阿惠假人頭的名字。等客人都走了，阿家獨自躲進休息室，想著鏡子前面何時擺有假人頭。

當阿家苦惱地追究，小梅悄悄走了進來，輕聲附耳：「阿家哥，你也看到了哦。那顆鏡中的假人頭，不知是誰的，一早就放在你的位置。我掛電話去訂製店問，他們說，之前，我們店裡只訂了五顆。都在陽子那兒。這多出來的假人頭，不曉得是哪來的？」

阿家一聽，臉色大變，立刻衝出休息室，想找小梅口中多出來的假人頭，誰知才到他的位置，假人頭卻不見了。焦急的阿家，連忙詢問店裡其他人，包括正在櫃台記帳的店長，幫客人染髮的裘莉、陽子，和練習染燙的實習生，全都沒人發現假人頭的去向。陽子甚至用一種不解的口吻反問：「哪來的假人頭啊?我們店裡的，全都擱在櫃子，難不成你忘了。」

經陽子一提，阿家這才猛然想起，自從湯包住院，為避免惹出更多事端，店長早把練習用的假人頭，鎖了起來。那客人在鏡中看到的假人頭，究竟是誰放的?下班以後，阿家不放心湯包，和小梅一起到醫院探視。才進病房，就看到湯包兩眼無神地站在窗口，聽同房病友小聲建議：「我看你們還是帶她去收驚吧。這不是病，據我看，多半讓魔纏上了，只有廟裡的神明，才有辦法治。住在醫院越久，越會害了她，醫院陰氣重，反倒助長鬼怪的力量。」

聽著病友的忠告，阿家愣了一下，這話在十多年前，阿惠突地犯病時，也有人這樣勸過母親，只是當年母親沒把它放在心上，平白讓阿惠喪失了活命的機會。這時，阿家念著他不能再重蹈覆轍，無論如何，湯包這條命，他是救定了。

窗外的人影

念頭剛閃過阿家的腦海，站在窗口失神的湯包，竟沒來由地笑了起來，雙眼凝視窗外，熱切地說：「啊，是啊，是啊，阿家哥來看我了。我會跟他說，妳也來探望我。謝謝妳啊，夢夢。」只見湯包說完話，全身剎時鬆軟下來，猶似靈魂出了竅。

小梅聽見湯包嘴裡念著夢夢的名字，好奇探問起嚇壞了的阿家：「夢夢？她是誰啊？從來沒聽湯包提過耶，阿家哥，你認識她嗎？夢夢該不會是你的女友吧？」

「不，不，我不認識她，我才不認識什麼夢夢呢。」

阿家一方和小梅扶起昏倒的湯包，一方忙著否認他和夢夢的關係。不，根本沒有關係，夢夢不過是母親學徒阿惠的假人頭，跟他沒有絲毫牽扯。這樣想，初始顯得慌亂的阿家，內心逐漸平靜下來，他望著床上一臉蒼白的湯包，決定明天返鄉一趟，或許由母親那兒，可以找出治癒湯包的辦法。

那晚阿家一回到住處，竟昏昏沉沉地睡著了。夢中阿家看見八歲的自己，和早已往生的阿惠，輪流抱著阿惠的假人頭夢夢，玩起辦家家酒的遊戲。阿家清楚地聽見自己對假人頭認真地說：「夢夢，從今天起，我只喜歡妳一個，我要永遠永遠都跟妳在一起，永不分離。」然後，阿家在夢中，驚恐地發現假人頭夢夢那張塑膠製的漂亮臉蛋，居然動了起來。假人頭夢夢不只動，還親膩地吻了阿家的臉頰，害羞地回應：「我願意，我願意，我願意永遠跟心愛的阿家在一起，永不分離。」

夢中的阿惠聽了假人頭夢夢對阿家的承諾，臉色驟變，不只狠狠地從阿家手上，把假人頭夢夢搶了過去，更將夢夢摔在地上嘶吼著：「阿家弟弟是我的，是我的，誰也別想搶走他。更何況，妳不過是我的一顆假人頭罷了，憑什麼跟我爭。」

第二天早上，等阿家醒來，夢中歷歷如繪的場景，依然真實地壓迫著他的腦神經，促使他的氣喘跟著發作，幾乎不能呼吸。阿家對於昨晚夢中如真似幻的經歷，感到萬分憂慮，為了查明湯包的中邪，是否與童年的際遇有關，阿家決定抱病返鄉，尋求母親的協助。搭上高鐵，阿家緊繃的情緒，由於母親幾通安慰的電話，整個放鬆了。一會，阿家看著車窗外快速穿過眼前的風景，以及在風景中浮現的人影，察覺不知何時，隔壁空出多時的座位，有人坐了進去，等阿家回頭細瞧，整顆心差點蹦了出來。眼前身穿白色洋裝的少女，那張俏麗的臉顏，分明是假人頭夢夢。莫非他還在夢魘裡？不，不可能，高鐵正播放著乘客到站，請勿忘記攜帶隨身行李的聲音。

阿家被身旁少女的容貌，驚得手足無措，不敢相信這世上會有如此相像的人。難不成這是老天跟他開的玩笑，藉此懲罰他童年任意的承諾。半小時後，阿家提著行囊匆忙下車，沒想到，那個酷似夢夢的少女也跟著他一起走，穿過重重的車箱、人群，隨著他登上了手扶電梯。阿家不敢回頭窺探少女，他害怕看到那雙宛如假人頭夢夢的眼睛。

返家之旅

回到家以後，阿家不敢告訴母親在高鐵上的奇遇，他只同母親探問阿惠的死因與阿惠假人頭的去向。起初母親盡是推託，直到阿家對母親坦言湯包患病的緣由，母親總算對他據實以告：「阿惠其實不是患病死的，她是因為被人欺負，懷了身孕，偷偷吃打胎藥，不幸吃死的。我為了保住美髮院的聲譽，只好扯謊，騙大家阿惠是得急病往生。」

「就算是這樣，媽，妳也不必把阿惠的假人頭給丟了啊。」阿家不解的追問母親。

「我沒丟啊，是假人頭自個消失的。就在阿惠死後的隔天，我覺得留下她的假人頭不吉利，本想把假人頭便宜賣掉，沒想到竟然不見了。」

「什麼？阿惠的假人頭，早就不見了？那會流落到哪呢？」阿家憂懼地想著，他在「愛髮」設計坊鏡中見到的那顆假人頭，該不會就是阿惠死後消失的夢夢吧？不會的，這世上不可能有鬼。

母親安頓好阿家，又上樓做生意，阿家獨自坐在房間，望著鏡子，恍若看到高鐵上酷似假人頭夢夢的少女，正對著他微笑。那晶亮的眼睛，高挺的鼻樑，櫻桃似的小嘴，像極了湯包。阿家記起，半年前某個深夜，「愛髮」設計坊只剩下他和剛來實習的湯包，那天因為客人出奇得多，他們一直忙到深夜，才有空將洗好的毛巾晾乾。

由於湯包年紀輕，加上暗戀阿家，便也自願留下來幫他。兩人在半夜的巷弄內，忘情地吹起口哨，玩鬧地，晾著一大桶毛巾。怎料巷底突然傳來女人的啜泣聲，只聞女人哭著說：「你忘了嗎？我們要永遠永遠在一起，永不分離。」阿家一輩子也忘不了，當時湯包少女的臉，漸漸變為一張美麗女人的臉孔，那時儘管十分害怕，卻覺得好似在哪見過，此刻憶起那張臉，再清楚不過。正是阿惠的假人頭夢夢，兒時的阿家，一度熱烈擁抱的容顏。

如今的阿家，越想越害怕，湯包會躺在醫院，神智不清也形容憔悴，想來多半是他害了她。若非那天半夜，他逗著她玩鬧，湯包絕不會被假人頭夢夢盯上。

這夜因為難得回鄉，也因為想找出更多關於假人頭夢夢的線索。阿家打開房間的衣櫃，又翻出灰塵遍佈的皮箱，一路尋找童年留下的蛛絲馬跡，他找著翻著，竟也不知不覺移開沙發床，慢慢掀起床下祕室的門，悄悄走進漆黑的地底，藉著手電筒微弱的光芒，沿著陰暗潮濕的樓梯，緩緩來到他闊別了十多年的兒時祕密基地。隨著空氣間輕輕迴盪的足音，阿家有種念頭，他終於回到他和愛人夢夢，甜蜜的家。

然後阿家看見假人頭夢夢就坐在那裡，深情的凝望著他，恍惚說，啊，親愛的，你總算記得回家的路。阿家眼睜睜的看著自己，就這樣熱烈地抱著放在地上，叫老鼠咬得面目全非的假人頭夢夢，也跟著她微笑起來：「是的，夢夢，我回來了，再也沒有人可以把我們分開。」

這時，碰的一聲，祕室的門，永遠永遠地闔上了。阿家的床又回復先前的位置。樓上美髮院的母親依舊忙著招呼客人，醫院裡的湯包則在搶救不及的情況，匆匆嚥下最後一口氣，結束了她十五歲華美的青春。湯包死的那天，是阿惠的忌日。阿家若沒記錯，阿惠死時，正巧也是十五歲。

發現阿桃屍體時，婆婆正要餵狗。起初綁在門口的來福突然對著隔壁的院子狂吠了起來，一股腐爛的屍臭味立刻竄入婆婆的鼻心。

等派出所員警趕到，整個院子早已擠滿好奇圍觀的鄰居，大家交頭接耳，紛紛臆測起阿桃的死因。有兩個好事的，甚至指著阿桃容貌全毀且發出異味的屍首，嘲諷的說：「死得好，這蕩婦早該得到報應了，祖靈留她全屍算是給她莫大的恩惠。」

在場的街坊對於阿桃的離奇猝死，非但不表同情，大有幸災樂禍的意味。只是他們質疑阿桃那兒不好死，偏偏選在頭目家的院子，這下可好，頭目一家五口都擺脫不了關係。果然整個下午，進進出出的，包括頭目那個剛上國中的孫子，都被警員請進派出所問的鉅細靡遺。

因為阿桃死於非命，發臭的屍體礙於案情未明，只能先擱在冰庫靜候法醫驗屍，查明阿桃真正的死因，才能讓家屬領回入土為安。可平日放浪成性又酗酒無度的阿桃，老早過著眾叛親離的生活，即便屍體可以放行，也不知有誰願意承辦阿桃的後事。

婆婆說阿桃會落到曝屍荒野的悲慘結局，全都怪阿桃拋家棄子自食惡果，倘若不是這樣，祖靈萬萬不會懲罰阿桃。對於婆婆信誓旦旦的報應論，我聽了不置可否，總覺得阿桃的死因並不單純。

不久阿桃的驗屍報告出來了。這回不僅頭目一家被叫去警局，連發現屍體的婆婆和跑去報案的我，跟阿桃的死黨酒伴，全都不能免俗地被傳到派出所罰站，等著驗明正身洗刷嫌疑。輪到婆婆時，警察大人用那雙銳利的鷹眼，從頭到腳將婆婆掃描了一遍也不懷好意探問：「聽說妳巴不得阿桃早點死，好把阿桃的地給吞了。真有這回事？」

「阿桃的地？你聽誰講的？後山橘子園本來就是我的，我又何必貪圖她那塊小小的西瓜田，警察大人，你快跟我說，到底是誰在背後造謠，我不撕爛她的嘴才怪。」

經過幾番折騰證明，派出所的長官總算相信婆婆與阿桃的猝死毫無牽連。偵訊結束，當我扶著氣憤不已的婆婆正要離開，迎面居然看到頭目發瘋似地從馬路衝過來，只見年邁的頭目扛著兩把番刀一路抓狂的追殺路人，厲聲嘶吼著：「你們全都要死，一個也別想逃。」

還來不及反應呢，頭目的番刀已經架在婆婆的脖子上，眼看就要見血封喉。瞬間我只聽到砰砰砰，接連幾聲震耳欲聾的槍響，一回神，左腿中彈的頭目老早痛得躺在地上，發出淒慘的哀鳴，而頭目手中鋒利的番刀，也不知跑哪去了。

那夜，驚魂未定的婆婆把房門鎖緊，無論我怎麼勸她出來吃飯，她都置之不理，直嚷著：「快把前廳後院的門都關好，趕緊把妳的狼犬放出來，以防那個發了瘋的頭目，半夜闖進來尋仇。」

尋仇？怎麼會呢？今天下午那場突發的可怕經歷，純屬意外。頭目的媳婦馬娜不是跟大家解釋過了嘛，頭目是因為不堪部落把他當凶犯對待，一時氣極敗壞，才會拿刀砍人洩憤。

哪知隔日，竟傳來頭目在工寮上吊自殺的消息。據聞發現頭目的伐木工驚恐地說：「頭目死時，兩眼凶狠地望著前方，舌頭伸出來大半截，屍身在屋樑上搖晃，好像隨時要伸手拉人去作伴。」伐木工回想起觸目驚心的一幕，全身禁不住顫抖。

不到一個禮拜，部落接連有人猝死自殺，搞得全村上下倉皇失措。警局整天擠滿了關心案情發展的村民，為了調查阿桃的死是否與頭目的自殺有所牽連，派出所不惜動用大批警力對部落進行地毯式的搜查，試圖找出可能的關鍵線索。

正當部落陷於前所未有的恐慌，阿桃失蹤多年的孩子——海哥，突然回到山上認親，吵著要把阿桃的屍體領走，帶回老家安葬，可沒人敢確定眼前的海哥，真是阿桃的親生子，畢竟阿桃拋棄他那年，海哥不過是初生的嬰兒。

另方面，婆婆並未因頭目自殺身亡而感到安心，反倒越來越疑神疑鬼。特別是海哥回到部落，婆婆的行為變得越發詭異，常常半夜醒來，看婆婆在院子裡走來晃去。有時對著屋外黑暗的角落不知說些什麼，有時還會走出庭院，一走，居然就走到阿桃位於後山橋下的西瓜田。那晚幸好讓巡山員警給遇上，婆婆才不致被突然暴漲的溪水給沖走。

可奇的是，隔天問婆婆為何獨自摸黑到阿桃的西瓜田，婆婆怎麼都不肯承認去過那裡，還生氣地指著我的鼻頭怒斥：「連妳也被阿桃那個爛女人收買，說我要佔她的地。」說著，鬧著，婆婆越講越激動，到最後竟然掐著我的脖子大叫：「阿桃，阿桃，妳騙不了我的，妳以為妳裝成我媳婦的樣子，我就認不出來是妳嘛。」

婆婆的怪異行為，隨著阿桃神祕猝死，頭目的自殺，更形惡化。同時，阿桃的命案亦陷入膠著，派出所雖多方到部落明察暗訪，依舊找不到任何可疑的線索，有的只是關於阿桃的蜚短流長。

說來道去，無非是阿桃從小長得嫵媚動人，天生一雙桃花眼，勾得部落裡的大小男人為她爭風吃醋。還不到十五歲，就嫁給長她四十歲的老兵，沒想到孩子才出生，就跟著野男人跑了。等老兵一命嗚呼，這不要臉的蕩婦阿桃，又無恥地溜回山上，繼承了老兵的遺產，整天穿得袒胸露乳，踩著十寸高的鞋子，忙著四處招蜂引蝶。

早年部落的女人，沒有一個不防她，怕阿桃一發騷，她們眼下的男人，不管老的小的，全逃不出這淫婦的手掌心。若沒記錯，頭目和婆婆的初戀情人，都曾嘗過阿桃胯下的甜頭，甚至連過世的公公，都疑似與阿桃有過曖昧的情愫，或者因為這樣，婆婆對阿桃的恨意，才會那麼深，也才會千方百計想把阿桃揮霍殆盡後僅剩的家產，那片位於後山橋下的西瓜田佔為己有。

誰知阿桃那賤婦偏要跟婆婆作對，即便窮途潦倒，也要為她的孩子，她的命根，留下那塊西瓜田。彷彿那塊地，能喚回她唯一的孩子海哥。如今阿桃的孩子海哥，總算回來了，卻沒人曉得這個隨阿桃神祕猝死，意外現身的孩子是真是假。過往有人謠傳海哥船難死了，後來又有人說，在北城遇見海哥，好像在做什麼大生意，全身上下都是名牌精品，出門代步是進口跑車，看來應該混得不錯。

儘管部落對海哥的來歷各有說法，可大家怎麼看，都不覺跟前長相醜怪的人，會是阿桃失蹤多年的孩子海哥。教會牧師提起海哥的容貌，嘆了口氣：「阿桃年輕時，說什麼也是我們部落的大美人，我記得海哥出生時笑起來，簡直是阿桃的翻版。」

「可不是嘛，海哥滿周歲時，我還抱過他呢，一雙水汪汪的大眼睛，比誰都漂亮。」站在一旁的教友來旺嫂忍不住出聲附和牧師。

「就是啊，我媽也說海哥長得很俊的，哪像死賴在警局不走的那個矮冬瓜，活像隻癩蛤蟆，讓人看了倒足胃口。」教會裡唱詩班的懷春少女美美，搶著發表意見。

以致部落猜測，眼前的海哥，九成九是假扮的，想趁著阿桃身亡，死無對證，好以親生子的身分，順理成章繼承那塊西瓜田。但不合理啊，瞧那塊西瓜田不只地質貧瘠，栽種東西更是不易，就算擁有也毫無經濟效益。

那麼，海哥為何非得在阿桃命案尚未明朗前，便急得將阿桃的屍首領走。難不成有什麼不可告人的原因。如此一想，阿桃的離奇猝死，就越加撲朔迷離。

兩周後，根據法醫的驗屍報告，由於阿桃的容貌已毀，再加上身體早已腐爛變形，除了從她的骨骼特徵判定外，難以追查她生前是自然死亡，亦或是遭人殺害。初步調查，胃裡的食物殘渣尚有少許的肉沫和酒精，顯示死者在生前曾飲酒吃食。至於阿桃是獨自用餐，還是有人陪她一起，就不得而知了。

今晚，婆婆表情哀戚地到頭目家守靈，她先是與頭目的媳婦馬娜低聲耳語，不久又避開守靈的部落親友，走進院落的深處也不知去向。由於喪家來往慰問的人很多，入夜天色無比陰暗，婆婆究竟藏在那，根本無從得知。直到過了午夜，山上氣溫驟降，頭目的侄兒將爐火重新添加木柴再度點燃。我才看見婆婆和那個傳聞中的海哥，一前一後，由院落灰暗的角落，走了出來。只見婆婆臉色鐵青，似乎發生什麼令她感到害怕的事。等我回頭，想查看海哥的行蹤，他卻早已消失在人群。

回家以後，形容驚懼的婆婆整夜都無法入眠。即便睡了，半夜更屢屢被惡夢驚醒。一牆之隔的我，恍惚聽見婆婆不斷在夢魘中，時而驚懼的嚷著，「妳別找我啊，不是我，不是我啦，這一切都是他叫我做的啦。」又時而哭鬧求饒，「我不是有意的，真的，我也沒有想到會這樣，求求你，放過我啊。」

因為實在擔憂婆婆的安危，今夜我決定偷偷跟蹤婆婆，看她最近到底去了哪？為何會讓她神魂渙散？吃完晚飯不久，婆婆藉故要去教會走走，讓牧師為她開解。實際上是繞過教會，往橋下阿桃生前住居的工寮走去。等婆婆到了，工寮的門迅速打開，隨即又關上。為了怕被發現，我拿著小燈躲在門外，一會居然真得聽見屋內有人對婆婆恐嚇：「考慮得怎樣？我的耐心是有限的，再這麼拖拖拉拉的，可別怪我沒給妳機會。」

仔細聽，這聲音非常熟悉，好像在哪聽過，可一時間，卻又想不起來是誰？就在我企圖在腦海中搜尋聲音的主人，工寮的門突地打開，掩在門後的我心生恐慌，手上的小燈險些落了下來，灰暗中，只見個頭嬌小的婆婆，被一個身形高大的蒙面人架著離開屋子，一閃身，便也消失在橋下的西瓜田。

失去婆婆的蹤影，我只得返家等候，才進屋，竟發現婆婆在客廳翻箱倒櫃，一旁的手機響個不停。見事有蹊蹺，我決定徹夜不眠再度跟蹤婆婆，摸黑走到部落的公墓。午夜在墓園路燈的照射下，我清楚地看見頭目的媳婦馬娜就站在墓地，目睹她飛快的從婆婆瘦小乾扁的手中，搶過一大袋東西也得意地笑著說：「妳放心，他們不會再來找妳了，永遠跟著祖靈走了。」

他們究竟是誰？不會再來找婆婆？是神祕猝死的阿桃？還是疑似畏罪上吊的頭目？或者是跑來部落認親的海哥？正當我充滿疑惑，大家眼中邋遢的海哥，和派出所員警，突地從墓地的草叢裡鑽了出來：「妳也發現了嗎？妳婆婆受到頭目媳婦的威脅。」

可能受到員警剎時現身的刺激驚嚇，等我定過神來，居然想起工寮內斥喝婆婆，聽來熟悉的聲音究竟是誰。是的，那撒起嬌來，嗲哩嗲氣，令無數男人銷魂的聲音。肯定是阿桃的，部落也只有阿桃，才會有這種讓人酥麻不已的魅惑。可阿桃不是死了嗎？此時此刻，正僵冷地躺在派出所的冰庫。

「我們跟妳一樣，私下跟蹤妳婆婆，有一段時間了。牧師發現她，從頭目自殺後，不但很少參加教會的活動，連行蹤也變的異常詭密。為了怕她發生意外，特別要我們留神她。哦，對了，在我身邊的這位鬍鬚男，不是海哥，是我們派出所新調來的便衣警官周何。」

原來警方為了放線引出命案的真凶，故意放風聲說阿桃的孩子海哥回來了，而且急著領走屍體。以逼掩藏在幕後的藏鏡人現形。據法醫真實的驗屍報告指出，死者雖然體型與阿桃極為神似，又毀容難以辨識，但是，她的左手卻少了一根無名指。種種跡象都顯示，死者不是阿桃，而是另有其人。

於是警方乾脆將計就計，藉此命周何假扮海哥，當真棋高一招，將失蹤多年的「海哥」馬娜給引了出來。由於頭目自殺身亡，屍體並未經過警方的查驗，就由家屬領回火化，以致無法判定頭目真正的死因。

所幸老天有眼，就在頭目被媳婦馬娜迷昏勒斃，偽裝成上吊自殺的模樣，竟讓途經工寮的婆婆撞見，馬娜為堵住婆婆的嘴，不惜在婆婆的食物偷偷下藥，使婆婆產生幻覺，以為慘死的阿桃和頭目，因為早年土地的糾葛，死後對婆婆心有不甘，雙雙化為厲鬼向婆婆索命，害的婆婆在精神錯亂之餘，才會受到馬娜的脅迫利用。

借屍還魂的阿桃和阿桃懷胎十月生下來的親生女兒「海哥」馬娜，幾天後在警方的追緝下，終於在離部落十三公里外的客家小鎮被捕，令人慶幸的是，連同婆婆被要脅交出的後山那整片橘子園的地契，一起落網。

鏡中魔

「鏡子呢?你看到我的鏡子了嗎?」

小眉躺在教室,被警衛發現時,已是周日清晨。整個教室除了她,就是學生的作文簿,靜靜地躺在桌上。醒了的小眉,不斷嚷著要找鏡子。

幾天過去,學校突然收到小眉的辭職信,更接獲多位家長焦急的來電:「大約一週前,小眉老師帶學生去老家玩。可到現在都還沒回來,打她的手機也不接。再這樣下去,為了孩子們的安全,只好報警。」

校長接獲消息,怕事情鬧大,影響學校的聲譽,立刻派主任到小眉家探訪以查明學生的下落。還沒上樓呢,在門口便聽到房東埋怨:「這個小眉連房租都沒付就閃人了,留下一大屋子的舊家具和亂七八糟的東西,就這麼跑了,真是不負責任,虧她還是個老師呢。」

主任一到學校，正要去校長室回報小眉的行蹤，就看見老師三三兩兩地擠在走廊上，輕聲的不知說些什麼。

「小眉跑了？怎麼可能？昨天她還慌慌張張地跑來我家找鏡子呢。」留著馬尾的劉老師不解地問。

「是啊，是啊，她也跑來我家找鏡子耶，惹得我家那隻紅貴賓一直叫一直叫，吵都吵死了。」戴著老花眼鏡的李老師沒好氣地說。

「唉，妳們也別怪小眉啦，她肯定是出事了，才會變得這麼魂不守舍。」魏老師及時出聲勸阻大家，切勿人云亦云。

等主任穿過走廊的是是非非，卻發現校長室的門關著，從窗口窺探，裡面有幾道人影正圍著校長說話，想必是家長等不及學校回消息，全都跑來這兒要孩子了。

可誰也沒料到，小眉不只沒跑，還偷偷溜回學校，就在校長室底下的儲藏間躲著，等著學校夜深人靜出來找鏡子。小眉總覺得，一旦找到那面閃著迷人光芒的手鏡，她失去的記憶便能恢復，想起為何會來這所學校教書。

小眉的志願從來不是老師，早年甚至痛恨所有的老師，以為世上的老師都像她的母親，表面道貌岸然、聖潔不可侵犯，實際卻過著截然不同的人生。諷刺的是，小眉竟像是母親的一面鏡子，每每映射出母親幽微的光影。自童年開始，小眉叛逆的行徑猶如母親灰暗的內心，出門上課老喜歡穿著奇裝異服，沒事更愛在手上、腳踝、脖頸，刺上炫目的圖案妝扮。

那年親友見了，紛紛跟母親叨絮，小眉再這樣做怪下去，肯定要敗壞母親優良的門風。親友都說，為何小眉不能像嫻靜的母親，穿著素淨的襯衫，搭配飄逸的長裙，整個人宛如池中蓮。即連閨蜜見了美麗的母親，也不忘笑鬧地嘲弄小眉：「妳啊，肯定是抱來的養女。要不照照鏡子，妳這妖嬈的模樣，那有妳母親仙子般的氣質。」

這話聽多，起初不以為意的小眉，漸漸厭惡起鏡子，不像母親的房間，四處可見透亮的鏡子，書桌、衣櫃、床頭、窗前、浴室，小眉可以想到的空間位置，全數掛上母親這一生，最引以為傲的鏡子，彷彿鏡子足以映照出母親動人的靈魂。

「喂，再掃不乾淨，就永遠留在這兒吧。」也不知是哪個學生在儲藏間叫嚷著。

「你看看我，不聽話的結果，就剩魂魄在這兒飄來蕩去。」一會，有個哀淒的聲音竄了進來，小眉聽聞，渾身不覺涼了半截。

「聽說校長差點被家長逼到跳樓，狗子他老爸拿著屠宰場用的刀子威脅校長，限他三天之內找到我們。要是做不到，校長就等著去見閻王。」那興奮的陳述，好似狗子老爸那把利刃已經劃破校長發皺的肚皮。

我們？小眉倉皇地想著，狗子是誰？我們又是誰？為何要詛咒校長？小眉的腦子居然一片空白。小眉只記得，她的鏡子不見了，那把李叔叔送給母親，母親嫌小，又轉送給她的手鏡。李叔叔是母親任教中學的美術老師，母親總愛在她面前，忘情地讚美李叔叔知書達禮又溫文儒雅，不像父親成天在金錢堆裡打滾，結交的多是粗鄙不堪的牛鬼蛇神，令母親嫌棄作嘔。

小眉心想，會不會因為這樣，母親日以繼夜地在生活中羞辱父親，父親才會受不了母親言語上的刺激，心臟突然衰竭死了，李叔叔才敢對母親做出那樣下流的勾當，在幾十面鏡子的圍觀下，像野獸般赤裸著身體擁抱起宛如清蓮般聖潔的母親，不斷，不斷，不斷，不斷地暴動了起來。

「所以，她怎麼可能來當老師，她從小就痛恨她的母親。」小眉的姑姑此刻坐在校長室正追憶起小眉家不堪的往事，難以置信小眉在母親失蹤多年後，跟著人間蒸發。

「那麼小眉有可能跑去哪？」校長和主任輪番追問姑姑，依然毫無所獲。

眼見同家長承諾的時間就快到了，這時校長室的電話猛然響了起來，只聞房東在話筒內急切的透露：「小眉的同鄉剛跟我說，幾天前確實看見小眉開車戴幾個孩子去老家山上的別墅。頭兩天，還遇見她帶著他們嘻嘻哈哈地到處走動，可後來就沒看到孩子了，只撞見她獨自開車離開，似乎走的十分匆忙，連大門都忘了關呢。」

校長聽聞，感到事態嚴重，決定跟主任在小眉姑姑的引導下，夜訪小眉在山中的別墅，期盼能順利找到失蹤的學生。

入夜以後，學校地下室的儲藏間，躲了整天的小眉確定外面沒有動靜，也輕輕打開櫃子。那時校園內，除了門口警衛室閃著亮光，四周漆黑一片。小眉拿著手電筒，忍住呼吸往二樓教室行去，那輕巧的步伐，恍若能聽到暗夜的聲息。不久走進教室的小眉，察覺兩旁的窗戶，在月光的投射下，猶如明亮的鏡子，發現角落有幾張模糊的臉孔，正盯著她瞧。然而小眉並不感到害怕，只念著這麼晚了，學生為何留在教室：「天都黑了，怎麼不回家呢，快點回去啦，免得你們爸媽擔心。」

「可老師，我們回不去了。」個頭瘦小，理著平頭的男孩無奈地說

「是啊，老師，我們迷路了，這兒又黑又冷，我的肚子又餓，怎麼辦啊？

我好想回家哦。」站在垃圾桶旁，體形魁梧且聲音沙啞的學生急忙附和。

「老師，求求妳，幫我們找到回家的路，我們保證以後上課，不再耍寶，不再頂嘴，不再亂寫文章。求求妳，幫幫我們。」那個躲在小眉身後的男孩，哀傷的懇求。

等小眉想看清這些學生的模樣，他們卻消失得無影無蹤，好像他們從來不曾存在過，全是小眉的幻覺。但是學生祈求痛苦的聲音，聽來竟如此清晰，恍若發自小眉心底的回聲。一如那年，小眉被母親發現她用過世父親留給她的網球拍，狠狠地，將母親屋內全部的鏡子擊碎，不惜當著母親和李叔叔的面，憤怒地大叫：「騙子，騙子，你們這些當老師的，全是滿嘴謊言的騙子。」

小眉混沌的腦海，瞬間響起這樣激昂的話語，隨即耳際又傳來教室內求援的聲音，先是無助地喊叫，繼而迴旋地哀鳴，慢慢翻湧成浪，對著小眉脆弱的心，猛烈地撞擊。緊接著，黑暗的教室，竟然亮了起來，小眉看見一個女人站在黑板前，望著台下的學生不斷搔頭，咬著筆桿埋頭苦思。小眉望著身材變形的女人，來回不停地走著，時而微笑以對，時而怒目相視，直到學生一個個走出來，吃掉手中的作文簿，在女人的威懾下，交出他們的靈魂。

「老師，妳都看見了吧。那個像巫婆一樣的女人，是怎麼用她的魔法，控制我們的靈魂。」小眉又聽見那個瘦弱的平頭男孩，發出悲嘆的聲音。這回男孩跳進她的眼眸，憂傷地打開他的身體，可裡面，卻空無一物，男孩如今擁有的，只剩乾枯的軀殼。

整間教室內，不只瘦弱的平頭男孩，小眉感覺得到，周遭還有更多迴盪的聲音，等待她聆聽。那些藏在深淵，徘徊於暗夜的魂魄，好像指引著小眉，慢慢解開心中的迷惑。

當小眉深陷教室的謎團，校長一行人正走進小眉的老家，那棟位於山中的別墅。初始摸黑還好，等燈一打亮，大家全都嚇壞了。這別墅簡直是棟巨大的鏡屋，整個空間從天花板到地面以致牆壁，全是透明晶亮的鏡子。人踩在地上，眺望周遭晃漾的身形，好似分裂成無數道幻影。別說是孩子進來會感到震撼，即便是大人闖入，也會被這恍如迷宮般的設置，驚得手足無措。

小眉的姑姑面對別墅的改變，顯然驚呆了。她失神地望著，這一面又一面的鏡子，喃喃地說：「小眉這孩子，瘋了，真的瘋了。老天啊，我們家究竟造了什麼孽啊。」

校長協同主任，看著眼前如此壯觀的鏡像，心中感到極度不安，念著那幾個學生想必凶多吉少，或許，已經遭遇不測。於是校長攙扶著驚惶過度的姑姑，繼續往別墅其他房間查探，希望能找到小眉和學生的下落。等他們找遍了別墅所有的起居室，也走進小眉的房間，終於發現學生留下來的東西。散落在桌上那幾本作文簿，不約而同寫著每天旅行的經歷，其中一本，更詳細記載著：「第一天，小眉老師帶我們到鏡屋參觀，我們興奮極了，覺得自己好像可以分身成好多人。狗子還誇口，他可以在鏡子裡穿梭自如。我們都笑他是傻瓜，除非是鬼啦，才能在鏡裡鏡外，自由來去。誰知道沒多久，狗子就真的不見了，嚇得我們到處找他，原來他躲到角落，害的我們以為他真的被鏡子給吃了。」

「第二天一早，換平頭失蹤，狗子說他會夢遊，肯定遊到別墅哪個房間賴床去了，不用理他，我們先跟小眉老師到山下超市，晚上還要烤肉呢。」

「第三天，昨晚烤肉大家吃得好開心，可美中不足的是，平頭不知躲哪去了，還是沒有回來，現在連狗子和果凍去上廁所，都好久好久了，也沒有回來。小眉老師答應我，等會帶我去找他們。」

那個叫阿火的學生，作文簿才寫到第三天，就音訊全無了。主任繼續在小眉的房間，到處翻找，仍未見其他可疑的線索。好不容易乍現的曙光，轉瞬又是一片灰暗。小眉的姑姑見到這種情形，突地念起往事，失聲尖叫地吼著：

「肯定在那兒，小眉肯定把那些孩子藏在那兒。」

離開學校，小眉連夜驅車趕往父親留給她的山中別墅，她得救那些孩子，再遲就來不及了。小眉望著後照鏡，恍惚看見她的學生，就坐在後頭嬉鬧著，開心的詢問：「老師，老師，狗子說妳的笑聲，好像巫婆，所以妳家一定很恐怖，八成是鬼屋。」

「老師，妳別聽果凍亂造謠啦，我狗子最尊敬老師了，哪會說老師是巫婆，在我眼裡，老師是最可愛的天使呢。」

沿路，小眉的腦子嗡嗡作響，盡是這些嬉笑怒罵，極度刺耳的聲音。她又看見聽到，那個酷似她的女人，帶著幾個調皮搗蛋的學生，來到一座外觀古老宏偉的山中別墅，親眼目睹他們走了進去，發出連連的驚呼，不敢相信這世上真有鏡屋的存在。小眉只見學生們興奮地在鏡子間奔跑追逐，扮鬼臉玩遊戲，似乎樂於活在鏡中的世界，就像她的母親，分分秒秒都以鏡裡的美麗為傲。彷若唯有活在鏡中，母親才能永恆的存在。

小眉想，她必須要滿足母親，徹底完成母親的夢想，宛如她疼愛學生，要救他們擺脫學校給他們課業的壓力，要帶他們逃開父母為他們美好前途，佈下的天羅地網，唯有走入鏡中，永遠活在鏡子裡，孩子才能擁有絕對的快樂跟自由。

小眉清楚地在後照鏡，看見她那天是如何帶著狗子、果凍、平頭、阿火到別墅的鏡屋，到處放縱地玩樂，玩樂之後，又怎麼一個接一個，一天又一天，把他們迷昏，也悄悄埋進鏡子後面的牆壁，讓他們和當年的母親跟李叔叔一樣，在短暫的失去心跳體溫後，在鏡子裡得到永生。

啊，小眉焦急地開著車，不斷不斷不斷地踩著油門，加快速度往懸崖裡去，她看著鏡中那個女人和她的學生，正熱烈地揮著手，迎接她的到來。

同時，藉由小眉姑姑的協助，校長同主任，總算在離別墅不遠的老宅，小眉母親房間的鏡子後面，先後挖出四個學生和兩具早已風化的屍骨。

電台裡的女人

站在巷口，她猶疑了一會。還是，進去了。

背帶裡的貓，正安靜地睡著，午後三點，灰矇矇的天，街道上，行人寥落。她知道，再轉個彎，便是電台，那兒會有一個喜歡站在寒風中抽煙，高個子的年輕警衛，等她。果然，警衛捏熄了煙，正朝著她揮手。

「曹姐在五樓，坐電梯上去，出門走過長廊，廊底那間，就是她的錄音室。」警衛盯著她說。

可能是這棟大樓年久失修，電梯老舊，她總覺得聞到一股發霉的氣味，流竄在空氣中。好像她不是搭電梯，而是被反鎖在巨大的皮箱裡。這樣想，電梯的門，突然開了。

她探頭出去，只見灰暗一片。等她走出電梯，才發現有人坐在外面，正拿著手機說話，見她來了，即刻掛上電話：「不好意思，請問妳找哪位？」

「曹姐。」

「哦。她剛送朋友下樓，要不，妳到會客室等。」女人邊說，邊領著她穿過長廊，來到靠近錄音間的會客室。替她打開燈，泡了杯茶，又客套了幾句，便也關門離開。

不久，會客室外，傳來有人說話的聲音，背帶內的貓，突地跟著噪動起來。她基於好奇，將耳附在牆上，想聽那人究竟說些什麼。可，聽了好久，什麼都沒有，有的只是她的貓，小壞心不斷拍打背帶，廝叫的聲音。

貓的聽力，向來好，常能聽見人類無法察覺的聲響。念至此，她暗自驚心，整個身子沒來由地縮成一團，將背帶下意識地摟著緊緊的。因為過度慌張，不小心把放在桌角的熱茶打翻，剎那間，濺得身上背帶，全是茶漬。

正當她忙著清理，會客室的門，居然輕輕地，開了。那個極其細微的聲音，又鑽入她的耳際。這回，她清楚地聽見，一個小女孩的聲音：「我好想妳啊，好想妳。」

然後，她脖子跟著涼涼的，猶似有誰悄悄摟過她的頸項，滑進她的懷裡，儘管只有一瞬間，那冰冷的擁抱，她確實感受到。但是，令她費解的是，她的貓小壞心這回不但沒叫，竟以某種溫暖的目光，望著她，久久不散。彷彿，她懷裡，真有什麼。

「不好意思，妳可能還要等會，曹姐臨時有事要處理。這是她買給妳的點心，會客室有雜誌，妳可以翻翻解悶。」剛剛在電梯外講電話的女人，走了進來，手上捧著蛋糕，端著咖啡，放在桌邊，隨即又走了出去。一會，門外對面房間的燈亮了，她隔著會客室的透明玻璃，望見女人正操作機器，準備錄音。

由於女人出現，意外平撫她內心的慌亂，對於方才耳際的聲音，她只當是自己神經過敏，頭疼藥吃太多的副作用。冷靜之後，便也拋到九霄雲外。開始擔心起，這次出版的小說，倘使在市場上，引不起話題，影響了銷量，會不會間接影響她和出版社的續約。

如果不是為了宣傳新書，她是斷然不會接受媒體專訪，再踏進這家電台的，至於，為什麼如此厭惡這裡，她真的說不上來。印象中，她從未來過這兒。可當出版社主編，上周向她提及到這家電台受訪，她卻毫不留情，當面斷然拒絕。

「曹姐在我們這行，算是老資格了，由她專訪妳，對妳的新書，絕對有百分之兩百的宣傳效益。」她仍記得主編當時是怎麼苦勸她，可別因一個莫名的念頭，壞了自己的後路。

可，讓她難以理解的是，自從答應上電台打書，她好了多年的病，又犯了。她開始在趕稿，通宵寫書的日子，腦海中，不斷浮現奇奇怪怪的身影，好像成天有數之不盡的人，拉著她說話。這些模糊的影子，不斷盤據她，啃食她的生活。

那段難熬的歲月，永遠在腦海中出現的場景，便是這家電台。她看見自己坐在錄音室，對著那些對她說話的無數的人，微笑傾聽。似乎，永遠也走不出那窄窄的錄音室。

「喵嗚。」小壞心低低地吼著。坐在會客室，喝著黑咖啡的她，念起她對電台說不出的驚懼，仍不免感到憂心。等待的時間，一分一秒過去，午後的疲累，不覺湧上來。

她看了看錶，回頭望了望在對面錄音工作的女人，這才發現，燈不知何時滅了，女人隨著不見蹤影。整個長廊，除了這間位於廊道中央的會客室有光之外，其他的房門，全都鎖上，一片漆黑。曹姐比約定的訪談，遲了快三小時。可以想像，電台大樓外的天空，早已華燈初上。

若不是到電台，這會，她和她的貓小壞心，應該老早窩在沙發上休息。這樣一想，廊道上的燈，竟然一盞一盞，在她們面前，亮了開來。等她打開會客室的門，隨即被擁入廊道上的歡悅裡。

她發現自己和貓，都換上華麗的服裝，跟著廊道上的樂音，和無數模糊的身影，翩翩起舞。廊道外的電梯門，關了又開，開了又關，一回又一回，載了妝扮華美的人，湧入廊道，猶似浪花不斷拍打浮動在海上的礁石。等她累了，想回會客室，卻驚覺自己和貓早已成為他們其中，華美的影子，而一場盛大的舞會，正要在她們眼前，亮麗展開。

「唉，讓妳久等了。我是曹姐。」等她張開眼，盛大的舞會不只結束，沙發上除了她的貓小壞心，窩躺在旁，還多了個長髮披肩的美麗女子。原來，服下醫生開給她的頭疼藥，自己又不知不覺睡下了。

等她背著貓，來到曹姐的錄音室，她昏沉的腦子，總算清醒過來：「從哪談起，都可以的。不介意的話，我想放貓出來走動一下。」

「不介意。我也愛貓。」曹姐為自己戴上耳機，替她調好麥克風，按下錄音室的機器，放起節目的配樂：「妳這本書，寫了快十年，光是故事選材，場景的安排，主角的設定，和資料搜集，就耗費妳大半的時間。為何要如此費心費神呢？」

她聽了曹姐的提問，嚇了一跳，這事，她從未跟人提過，曹姐怎麼會知道？殊不知讓她更為震驚的事，還在後頭。

「這是妳的經歷吧。故事裡的那個小女孩，就是妳，對吧。」曹姐看著她，冷靜的說：「寫真實的經歷，總能吸引讀者。所以，妳才放手一博。我沒說錯吧。」

「讀小說，尤其是我寫的小說，最好不要對號入座，那會折損妳閱讀的樂趣。」縱使感到詫異，可由於某種自衛的本能，反激起她抵制的決心，想探個究竟，試出曹姐是誰？

「樂趣？除非妳對殺人，無感。寫小說，只為了讓自己脫罪。」曹姐看了她一眼，輕輕笑著，也拿起書，放在她桌前。那是本黑色封面，封面上聳立著一棟同樣墨色的大樓。大樓門前，有個穿著警衛制服的年輕男人，站在飄雪的寒夜中，正盯著前方，抽著煙，好像在等待，誰的到來。

她看了，面色頓時慘白：「我的書，封面明明不是這樣的。」

「那是怎樣？」這個叫曹姐的美麗女子，慢慢地，從桌上陸續亮出好幾本書的封套：「是貓躺在妳身上這本，還是妳背著貓，到處玩那本。或者是妳爸爸抱著妳，妳像貓一樣膩在他身上這本。」

「都不是。我的新書封面，根本沒設計出來。」她抱起臥在腳邊的貓，椅子的位置，因為驚惶，不覺往後退了兩步。心想，逮到機會，趕快逃走，卻沒料到，雙腳居然無法動彈，就像遭人釘住，哪都去不了。

「想走？沒那麼容易。我問妳的事，妳還沒說呢。」這個自稱曹姐的女人，起初美麗的臉顏，因為語出恐嚇，變得越來越可怕，恍若，額上就要長出銳利到足以傷人的牛角：「這小說，是不是真的。書裡的女孩，到底死了沒有？」

「死，或不死。任憑我決定。這是我的書，誰都別想動。」這回，說話的，不是她，而是抱在胸口的，她的貓小壞心：「妳到底是誰？」

「我是誰？我還能是誰？」曹姐話才說完，整個錄音間，連同房外的長廊，開始劇烈的搖晃，熄滅的燈，同時亮起，全數變成火，迅速燃燒開來，熊熊的火焰，不到幾分鐘，已經將錄音室，團團圍住。

醒來時，她還是在會客室，那個帶她來的女人，照舊在對面的錄音室工作，一步也沒離開，她的貓，則安靜的睡在背包裡。那個叫曹姐的女人，依然沒有出現。

這時，她的手機，猛然響了，電話那頭傳來主編的問侯：「結束了吧。還愉快嗎？」

「還沒啊。我等妳那個曹姐，快一下午了。」她打開背包，輕撫睡中的貓，無奈地說。

「曹姐，哪位曹姐啊。該不會是……」

「就是電台那位啊？老資格的名主播。妳不是說，我的書，只要給她在電台一訪問一宣傳，保證大賣。」

「所以我才說，妳有病，妳偏不信。曹姐，那個曹姐，是妳小說裡的人物啊。」

「不可能，妳別矇我。我明明記得妳要我去電台找她的。不信，我要曹姐的同事跟妳說話，看是誰有病。」

她激動的拿著手機，正要回頭叫錄音室裡的女人，卻發現不只女人，不只錄音室，連同她眼中的會客室，一整棟老舊的電台大樓，瞬間，都消逝在她眼前。原來，自己哪兒也沒去，依然坐在書房，電腦前，正馬不停蹄的為下個月要出版的小說校對改稿。

「怎麼樣？妳回話啊，想起來了吧，那個曹姐，就是我們開會討論半天，要不要乾脆刪掉的電台主播。反正，妳也說，有她沒她，都不會影響故事情節。」

主編在電話那頭滔滔不絕，她卻在書房，放下手機，飛快地按起電腦鍵盤，蜷縮在她腳邊取暖的貓，打了幾個呵欠，又睡了下去。

書房院落外的那一片空地，在暮色中，隨著她按鍵的速度，悄悄聳立起一棟老舊的大樓，一棟火光四溢，人影穿梭的電台大樓，恍如要穿過暗夜，來到她身旁。書桌上，醫生開的藥，仍一顆顆沉澱在白色的塑膠罐，安穩如昔。

「午夜時分，曹姐關上燈，走出她待了二十年的錄音室，正想走出電台大樓，卻發現一切都來不及了，從一樓到五樓，到處都是火影幢幢，她是怎麼也無法走了。如果是這樣，非要這樣，所有的人，也必須同她一樣，在這兒，生生世世。」

寫到這兒，她突然笑了，覺得熾熱的火，就要從電腦延燒出來，那個叫曹姐的女人，不只在她兒時，那場電台大樓的致命火災中，死過一次，她更要那個奪走她父親的女人，在她所寫的小說中，透過不同的讀者，一回又一回的閱讀，一次再一次受到火焰的凌遲。

沒有人會相信，那場火災的肇事者，會是那個當時，年僅七歲的自己。唯一的目擊者，就是臥在她身旁，鎮日昏睡的老貓。

2

灰樓

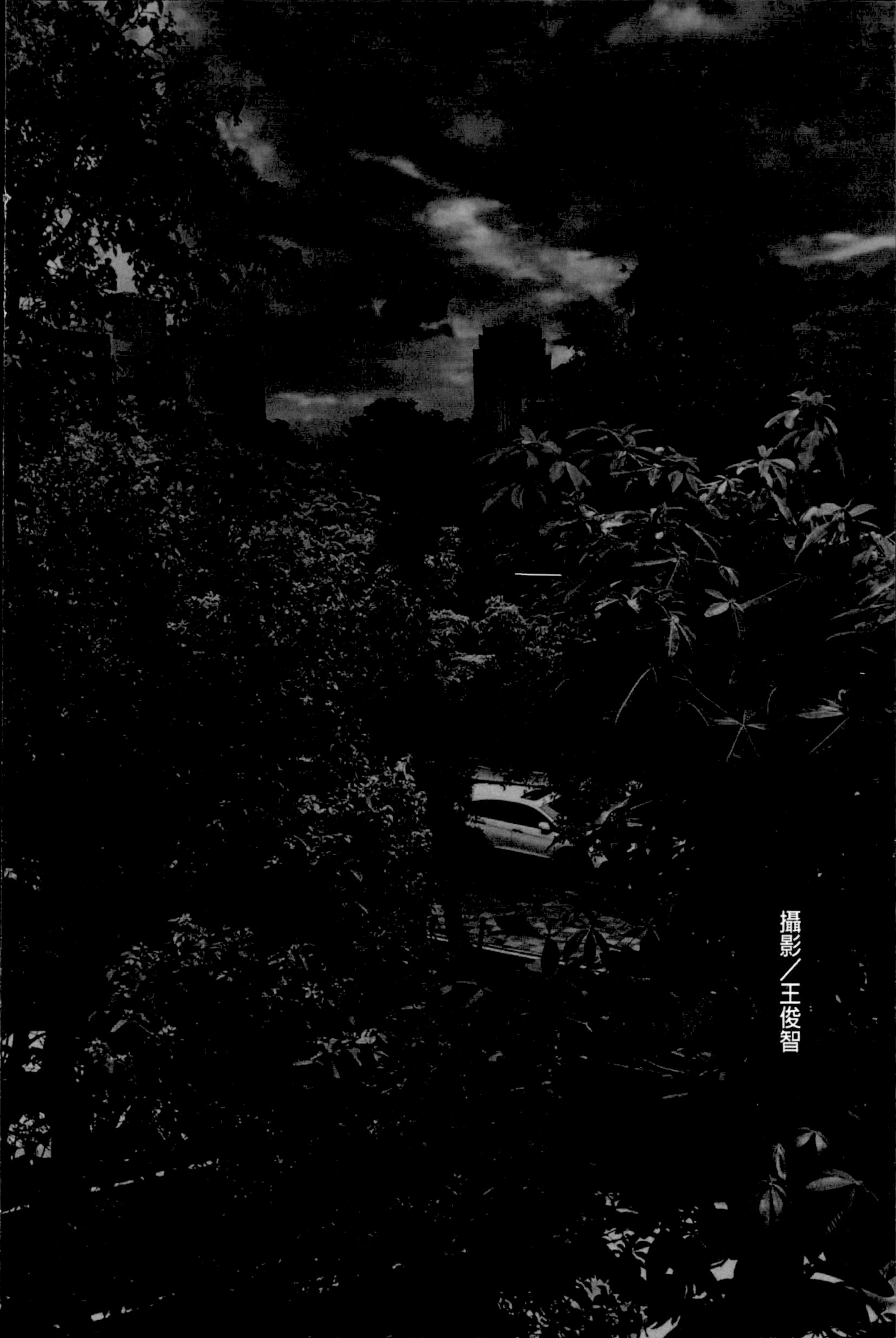

攝影／王俊智

蔓草叢生

章家祥

都市叢林的高塔，桃樹精於此築巢
鋼筋、玻璃，混合著塑料膠片，築成
攀爬上滿荊的窗口，不要出聲，晚睡的孩子會失蹤
窗擦得透亮依舊，還有人
聽故事，在這灰暗的空氣中，找尋桃樹精的蹤跡
是蔓草叢生的野味，是熟悉卻陌生的
說書人，會在夢醒時分現身
開啟一扇真實的窗子，似桃花源那一閃而遇的奇幻
荒煙漫草，在瞳孔的水晶球裡凝著，預知
如夢似幻的未來

灰樓

穿過大門以後，四周盡是荒煙漫草，看不到半個人影，李薇抱著貓咪小小途經這兒不知幾回了，除卻高聳入天密布的濃蔭，偶爾幾隻小鳥發出的鳴叫之外，竟只有冷風鑽入耳際的輕音。

這兒是灰樓，A大教授的宿舍，住著幾戶歸國學人，樓外隨意擺放的自行車，停在宿舍院落的古董賓士，泰半是他們日常的代步工具。只是李薇絕少撞見有誰從這棟灰白石子砌成的樓房裡走出來，騎上或者開走這些十分老舊的車子，無論李薇帶著小小何時經過這兒，樓房周遭的一切都像是收藏在博物館內的古代文物沒有任何改變。

若真有什麼變動，除了野草隨著年月越加肆意冒長，林園葉片更形遮天蔽日，灰樓未免過於寂靜，令李薇感到隱隱的哀愁。總覺得居家對街的灰樓，有著無以言喻的神祕，正強烈吸引著她窺探究竟。

可除卻李薇和她的愛貓小小無畏於灰樓，社區的鄰里對灰樓的動靜在難掩驚恐之餘，更熱衷耳語那兒曾經有過的風華，盡說住進灰樓的住戶絕非等閒之輩，不是學校重金禮聘回國任教的頂尖學者，就是學富五車的才子佳人，也因此傳聞過往灰樓，夜夜盡是吟詩詠月的衣香鬢影，當時誰若能受邀到灰樓作客，甚覺無比榮幸。可日後，不僅去拜訪的人少了，連住在灰樓的住戶也陸續遷出跟著行蹤不明。即便來年搬進灰樓的人，舉止在遷居後都變得日漸隱祕，就像是灰樓自成一個小小的天地，遺世獨立於喧囂的紅塵。

李薇對於大家嘴裡灰樓繁華如夢的往昔並不感興趣，李薇關注的是為何幽居灰樓的人會在遷出不久跟著人間蒸發，又新搬入灰樓的住戶為何會行為逐日詭祕，懼人於千里。難不成這灰樓擁有什麼可怕的魔力，足以改變住戶的心性，進而控制他們的魂靈。不，這樣的揣測太離奇，如今是什麼年月了，都要搭上太空梭到水星觀光旅行，那些出現在鄉野的傳奇，又哪會真的發生在灰樓。此刻看著眺望灰樓的愛貓小小，李薇不禁為自己莫名的念頭感到可笑，隨手抱起小小站在窗前，窺探灰樓靜靜矗立於暮色中，視線逐漸模糊於突發的暴雨。

直至某日清晨，在社區散步的李薇聽見流浪貓菊子對著灰樓發出嘶吼，懷中的小小聽聞跟著奮力掙脫她，同菊子不斷瞄瞄叫地飛快闖進灰樓，沿路追逐牠們的李薇，才頭一回撞見從灰樓走出來正要騎車出門上課的齊教授，看這身形高挑又略顯羞澀的男人，如何蹲下身子，一方低聲細語地對著躁動不安的菊子說話，一方不忘柔撫小小背上銀灰色的長毛輕哄著。奇異的是，先前這兩隻還不斷向著灰樓發出吼叫的貓，傾刻在李薇的眼裡變得無比乖巧，那信服的神色，恍若跟前這個相貌清俊的齊教授，是牠們極親愛的朋友。

齊教授，名喚齊悅，本是灰樓住戶齊老的獨子，最近剛回國受邀到A大任教，繼父親齊老之後成為A大最年輕的教授，由於相貌出眾又才華洋溢，教課幽默風趣且特別疼惜小動物，更受學子歡迎。校園裡崇拜他的女學生暗地裡都膩稱他為悅悅，誇他相貌清俊令人賞心悅目。這些攸關齊悅的消息，自然是李薇好事的鄰居透露給她知曉的。原來那日清晨因追逐愛貓在灰樓與齊悅的偶遇，在大家的傳送下，似乎已成一場美麗的邂逅。於是不管怎麼賭咒否認，都沒有人相信李薇和齊悅之間，全無情愫。

怎麼可能會沒有，灰樓對街的鄰里那天一早出門散步、上學運動的，全都看見齊悅和李薇一人抱著一隻貓咪從陰暗的灰樓裡有說有笑地走了出來。而李薇那隻素日黏著她不放的波斯貓小小是怎麼將整張毛絨絨的臉頰就緊緊貼在齊悅的胸口不放，那撒嬌的媚態就像是牠主子李薇青春燦爛的模樣，若說齊悅同李薇沒什麼交往，還真是叫人無法置信。明擺著是偷雞摸狗的現行犯，卻又要在大家面前佯裝貞節烈婦。由於一場意外的偶遇，倒叫李薇無端被齊悅推入了口舌地獄，備受無妄之災。

或者齊悅耳聞了，這些像風般無孔不入的流言，覺得李薇無故因他受累，自覺過意不去，竟在小小到灰樓玩耍時，趁機在牠頸項繫了張紙條，藉此邀請李薇來灰樓餐敘，由他齊悅親自下廚當做是賠禮。那日黃昏李薇下課，發現了小小脖子上的字條，見到齊悅一如他雅秀的字，臉上不由泛起紅暈，邊是暗暗欣喜，邊微微怨懟齊悅的任性，想她去了灰樓，來到齊悅的住處，一不留神讓鄰居撞見，那就真是跳到黃河也洗不清了。可又想，齊悅會邀約她到灰樓，也是誠心實意想跟她致歉，視她為友，倘若不去，未免太過矯情。況且她也想透過齊悅多瞭解灰樓的過往，是不是一如傳聞有著許多不為人知的故事。

念頭才轉，就聽見門鈴突地響了，是社區管理員廖伯送來的掛號信要李薇簽收。廖伯看著李薇的臉，想了想，終於脫口而出，李小姐啊，有些話我忍了很久，不曉得該不該跟妳說。那個齊教授啊，妳沒事最好離他遠點。他的父親齊老住在灰樓時，曾找我去他家幫忙過一陣子，那年齊悅不曉得為了何事常跟齊老發生爭執，不久齊老就突然離家失去蹤影，接著齊悅獲得研究所的獎助金跟著出國唸書。可怪就怪在這裡，身為獨子的齊悅對於齊老的失蹤居然不聞不問，全不管父親的生死究竟如何。更詭異的是，從此以後我就常恍惚看到齊老站在灰樓的住處，用一雙哀傷發皺的眼睛緊盯著我不放，就好像有什麼事要我幫他似的。

廖伯的好意提醒，確實在李薇的內心起了不小的震盪，可李薇並為因此放棄去灰樓一探究竟的機會。隔日周末，李薇照樣依約到灰樓探訪齊悅接受熱誠的款待，也在他的默許下自由隨意參觀齊老的住處與文物字畫，驚覺齊老的收藏品氣一如名家。欣賞之餘不免念起廖伯的警告，也對齊悅出言探問起齊老的下落。齊悅聽了，頓了許久，才緩緩吐露齊老近況，只淡淡地說，父親早在他出國之前住進了精神療養院，對親朋沒有說明的原因，純粹是為了保住父親的顏面，不想讓外界知曉父親發病之後狼狽的面目。父親發病時總是時而悲痛時而暴怒的對著齊悅吼著，這灰樓，不是樓啊，這灰樓是噬人奪魄的妖怪，要齊悅趕緊帶著他逃走，不要再猶豫了。

那陣子因為齊老鬧得厲害，意外驚動了學校派人來關注，更惹的齊老越發失神，常常大白天就緊緊抓著獨子齊悅的手不放，「兒子啊，你要救救我啊，若連你都撒手，那我只有死路一條。」幾回耐不住身心折磨的齊老決定一死了之，趕在灰樓處絕他前索幸了結自己。還好都被機靈的廖伯救下，免除齊老的死劫。廖伯能來灰樓齊家幫忙，外人看以為是齊老的主意，其實是齊悅擔憂父親的安危輾轉託人請廖伯幫著他照看齊老。

李薇聽了齊悅的解釋更覺驚詫，暗自想著這齊悅看似清淡如水地娓娓傾訴，卻彷彿是天衣無縫地反駁了廖伯對他私下的指控，駁斥他可能與齊老的失蹤有關。正因為齊悅的說詞毫無破綻，李薇的心不由微微發涼。一會齊悅念起什麼，輕笑地對著李薇說，妳有沒有發現灰樓這兒的樹、這兒的花草長得比別處茂密，也比你們對街的妖艷且香氣濃郁。學校派來的除草工人，常常玩笑地說，灰樓不像是給人住的，倒像是讓妖魅寄居的深山幽林，否則那些野草分明前日才拔除，怎麼沒幾天又高到快把人淹沒，難不成灰樓當真有不尋常的來歷。李薇，妳說這些沒讀過什麼書的莽夫是不是特愛無中生有啊。

離開齊悅家那晚，李薇做了個夢，夢見齊悅緊緊抓住她的手在灰樓外狹長的院落一直跑，一直在高聳入天的濃密綠蔭裡，鑽來竄去，可無論他們怎麼跑依舊轉不出灰樓漫天高大的草叢，不只李薇無法掙脫齊悅的手，連她的愛貓小小也被一隻銀灰色的貓緊緊糾纏困在灰樓動彈不得。

第二天驚醒後，李薇嚇的冷汗直流，決定瞞著齊悅，到他跟她提過的精神療養院去打探齊老的近況，是否真如齊悅說的父親正在接受最妥善的治療。果然一切正如齊悅所言，兩眼惶恐又憔悴不已的齊老，看見有人來探望他，恍如過往叫嚷著灰樓要奪去他的性命，逢人就抓著不放，要大家帶他逃離灰樓的控制。

從療養院返家，李薇的腦海始終無法忘卻齊老那雙空洞無比的眼睛，忘記齊老突然抓著她附耳說，小心我兒子啊，兒子已經不是我的了，都是那個陰魂不散的女人害他的，那棟樓害的。小心啊。那個叫做李薇的女人，她會要了妳的命。

是她聽錯了嗎？李薇。李薇不就是她？齊老怎麼會要她留神自己呢？還是齊老口中那個死纏著齊悅不放的女人正巧與她同名同姓。李薇心底的疑慮，很快得在廖伯那兒得到了合理的解釋。廖伯有點顫抖地追憶，以前確實有位和她名字一樣的李老師住進了灰樓，因為住在齊老的對門，又因為是學校的同事，研究擅長的項目相近，日子久了自然熟稔了起來。那個年輕的李老師後來常在齊家走動，又因齊悅的母親過世的早，所以齊老有意娶這位李老師為續弦，聽聞不只齊老喜歡她，連當時才唸高中的齊悅都十分仰賴她的照顧。那年住在附近的人都知道，也都見過那個李老師常常抱著她養的波斯貓和齊悅在灰樓的院落散步，一起逗著追著貓玩，像兩個大孩子似的在草叢中開懷嬉遊著，又有時幾個眼尖的還會不小心撞見齊悅緊緊牽著她的手，牢牢摟著她的腰藏在灰樓遮雨棚下齊老那台古董賓士後面，臉貼著臉小小聲地不知講些什麼，甚至被當時來齊老家打掃做飯的管家撞見齊悅趁齊老不在拉著李老師躲進房裡，也躺在她的腿上，用一雙手輕輕柔撫她如瀑般的黑髮，那依慕的眼神深摯又專注。

紙終究包不住火，李老師和齊悅隱約的情愫，很快地便被齊老察覺。可以想像齊老得知實情是怎麼悲憤交加，無法諒解李老師竟聯手自個的親骨肉雙雙背叛他。為了挽回顏面，齊老對李老師提出冷酷的要求，要她即刻搬出灰樓，永遠離開獨子齊悅的視線再也不要出現。若李老師不從，齊老有辦法讓她自此無法在學術圈立足，更會控告她誘拐齊悅讓她身敗名裂。無奈之下，李老師只能忍痛割捨初萌的感情，趁著齊悅不知情連夜搬出灰樓，也辭去教職消失在他的世界。

那齊悅呢？當時得知李老師失去蹤影，難道沒有追問父親齊老？廖伯見李薇如此關切齊悅的反應，便也苦笑道，齊悅的態度如何大概只有齊老得知吧。我頂多察覺後來齊悅變得不愛說話，常常獨自站在院落出神，有時還會對著灰樓，對著滿園子開得茂密無比的花唱歌，隻身走進比人高的草叢中久久不出來。有一、兩次，猛然從草叢出現差點把人嚇壞。

回到家中的李薇，將貓食放在碗盤，見著愛貓小小低頭細細啃咬起從寵物店買回來的零食，突然念及店裡的美容師某天曾對著小小耳語，啊，小小，妳長得真像是李薇的貓呢，一樣有銀白如瀑的毛髮，一樣擁有碧綠色宛如寶石般的眼睛。那時李薇覺得意外，陌生的店長怎麼曉得她的名字。原來店長當時說的人不是她，而是齊悅的初戀，那個消失的李老師。

或者因為齊悅的初戀，與李薇同名同姓，他才會對她興起莫名的好感，又由於她的小小長得同李老師的貓咪相像，齊悅竟不自覺產生移情作用，其實他鍾情的對象，自始不是她。李薇越是念著，心底越是感到悵惘，對於灰樓散發的陰鬱更覺淒清，險些忘記晚上有學校歡迎新進老師的餐會，她必需跟同學趕去幫忙，還好學妹及時來電提點，為了不失禮，她只能掩住心中的落寞，依約出席系上的聚餐。

餐會開始不久，年輕的老師三三兩兩地聚在一起談論著授課的甘苦，和同學們互動的笑語也偷偷分享著系上聽來的趣事，口耳相傳著前輩們的雪月風花。席間有位年長的蔡主任嘆口氣也斂了斂眉說，你們應該都聽說了吧，齊老的獨子齊悅來系上教書，跟他那個風流的老子一樣受到女學生的歡迎。唉，我勸妳們這些未經世事的小姑娘啊，可別被男人的外表給矇騙，分不清真假好壞，像那個無辜的李老師成了人家父子內鬥爭奪的犧牲品，還以為自個是為愛走天涯呢。傻啊。蔡主任沒頭沒腦地嘟噥了好一會，便躲到角落繼續喝悶酒。李薇後來才聽說蔡主任以前曾是李老師的仰慕者，得知他在情場竟是毛頭小子齊悅的手下敗將，自然心有不甘。

齊悅雖是系上新進老師卻事先告知李薇，他對這種無聊聚會不感興趣，可看在她要出席，怕晚了，她穿越暗黑廣闊的校園會有危險，仍會勉為其難現身送她回家。然而迎新餐會眼看就要曲終人散，承諾要來的齊悅依舊沒有現身，心急如焚的李薇決定獨自穿行Ａ大返回居所，念著若再耽擱下去，整個餐會便只剩下她和那個渾身酒氣的蔡主任，屆時想找藉口擺脫他的糾纏，怕是不易了。當機立斷後，李薇收拾好隨身攜帶的物品正準備離去，卻讓兩眼迷矇的蔡主任給攔下了，只見蔡主任突然按住李薇的肩膀，不斷搖晃輕嚷著，李薇，告訴我，為什麼是他，快告訴我啊，妳究竟是怎麼了，怎麼會讓那個小子給迷了心竅。

這時驚呆了的李薇，猛然甩開蔡主任的雙手，伴隨著學妹們的失聲尖叫，飛快逃出活動中心。李薇在暗夜的冷風中，拚命地跑著，一種盤據心頭的恐懼，迫得她快無法喘息，像是誰緊緊的壓住她，使勁的想從她身體擠壓出什麼來。李薇若是不從，那股可怕的力量就越猖狂，越是追著李薇不放。

像灰樓，自小屢屢出現在兒時的夢境，夢境裡的李薇永遠被母親拋至在灰樓野草漫生的院落，在找不到母親的號哭裡聽見草叢間緩緩傳來有人說話的聲音。那極其細微的聲息，風一吹，便飛散在李薇的耳際，消失於迷霧般的院落，直至那隻和小小一樣擁有銀灰色長毛，碧綠色雙瞳的貓咪出現，領著年幼的李薇走出綿密高聳的草叢，寂靜無聲的暗夜。這個夢，像生死輪迴不斷現身於李薇的童年，那隻神祕的波斯貓也不斷一次次帶領李薇逃開灰樓的視線。因為這樣，李薇曾不只一次詢問在A大任教的雙親，可曾帶她去灰樓訪友，灰樓那兒是否有人養過一隻毛色銀灰的貓咪，那隻美麗的貓有雙碧綠色像寶石一樣的眼睛。可每回提及灰樓，慈愛的父親總是愁眉深鎖，避而不談，即連溫柔的母親也是面有難色地勸慰李薇少去灰樓，那兒沒有誰養貓，有的只是幽深的草叢，過於茂密的樹林，艷如火光的花朵，四季都有蛇鼠掩身其中，妳沒事最好別往灰樓去，以免招惹危險。儘管母親時時告誡年幼的李薇，可為了找尋夢中的貓咪，再次聽見掩藏在草叢裡隨風飄飛的細語，李薇仍不只一次瞞著母親，跟著玩伴往灰樓探險，但是無論去了多少回仍不見貓咪的蹤影。那隻神祕的貓，那些輕軟的聲音，依然迴漾於李薇的夢境，從未在她的生活現身。

系上蔡主任在歡迎會酒後失態的醜聞，沒幾日竟傳遍整個Ａ大校園，當晚目睹蔡主任惡行的女學生，紛紛央求學校出面嚴懲，好給李薇一個交代。齊悅聽聞此事卻沒有任何表示，僅是寫了封短信寬慰李薇的驚恐，要她不必與蔡主任計較，彷彿忘記迎新會那夜要來接她返家的承諾。除此齊悅對李薇的關心，日復一日，擺盪在朋友與情人之間。齊悅一樣編派理由邀約李薇和她的愛貓小小到灰樓餐敘，一樣在Ａ大教書樂於享受女學生對他的仰慕。

至於廖伯，在齊悅重新入住灰樓以後，因病辭去宿舍管理員的職務不知遷往何處。有人說，廖伯會走，是受人脅迫不得不離開，又有人說，廖伯好賭欠下一屁股債務，只得連夜逃走。原本鄰里間的閒談戲言，沒料到竟一語成讖。廖伯真的死了，他冰冷僵硬的屍首是在灰樓濃密的草叢中發現，被流浪貓菊子嗅聞到時全身已被掩藏在草叢的蛇鼠撕咬得面目全非，若非發出陣陣惡臭也不會讓帶著小小來找齊悅的李薇發現。

令李薇驚懼的是，在廖伯屍首被發現的同時，她收到一封神祕的郵件。信上只簡單得寫了幾個字，李小姐，聽我的勸，離灰樓遠點，它會要了妳的命。

李薇心想，這件事該不該告訴齊悅，可若他真像廖伯生前說的可能危害她的性命，此舉豈不將自己推入了險境，看來眼前最好的辦法，還是暗中探查最為安全。

那天黃昏，李薇趁齊悅帶著小小到灰樓院落散步，隨意找理由獨自留在齊老家中找尋可能的線索，就在李薇幾乎翻遍住處每個角落，終於在齊悅的房間找到藏在書桌裡的那本泛黃日記，日記的所有者，正是廖伯口中的李老師。李薇小心翼翼地翻開日記本，在微暈的燈火中，一頁又一頁地仔細翻讀，察覺李老師是如何困頓於她對齊悅的感情，一方譴責自己不該深陷其中，一方卻深愛年少的齊悅無法脫身，為自己夾在對她有知遇之恩的齊老和擁有她深摯愛戀的齊悅之間，左右為難，為難之後，決定選擇摯愛，對齊老坦白她對齊悅的感情。可日記寫到最後，卻無以為繼，或者該說是李老師的日記不知讓誰撕去了重要的一頁。以致李薇即便看完李老師留下的日記，仍無法得知她最後的抉擇。

不久齊悅抱著李薇的愛貓小小回來了。才進屋便對她笑道，廖伯死了也好，院落那花，那無所不在的野草，因為他腐化入泥的肉身滋養得更加鮮麗繁榮，那麼這微不足道的賭徒，對灰樓也算有所貢獻。

李薇聽了齊悅的冷言並沒有隨之附和，只念著齊悅為何如此怨恨廖伯，難道齊悅對廖伯的詆毀全數瞭然於心。如果不是，那又為了什麼。從灰樓回來，李薇禁不住心中的猜疑查了齊悅的資料，輾轉得知齊悅如廖伯生前所言，在李老師搬出灰樓後的隔年，如願考上A大，四年後申請到國外獎學金，也離開傷心地灰樓遠赴英國唸書，取得博士學位後回國任教，距離李老師離開灰樓，整整十年。

而十年前的李薇，僅有八歲，跟著在A大任教的雙親剛住進灰樓的對街，午後常常喜歡趴在窗台望著雨中的灰樓出神，想著夢中無端偶遇的美麗波斯貓何時會在灰樓出現，那些掩藏在花影間細微的聲息，究竟是風，還是開在茂密草叢裡花朵綻放的輕音。每次只要念及這模糊的往事，離奇的夢境，李薇的心便不自覺地抑鬱起來。

期末考將至，李薇因為準備考試，也為免除周遭對她與齊悅關係的耳語，多半留在學校圖書館跟同學溫書，想為來日爭取好成績以便如願申請獎助金。每夜李薇騎著腳踏車穿越A大校園，隱隱感覺有人跟在身後緊追不放。時而快，時而慢，像空氣般埋伏於她的周遭，監視她的生活。李薇不清楚那個暗地跟蹤她的人到底存了什麼心，只是沒來由地驚懼，猶如兒時夢境中那掩藏在草叢間細微的聲息，就要翻湧成浪對她撲天蓋地而來也瞬間將她淹沒。

連續幾日地窮追不捨，終會留下蛛絲馬跡，李薇的同學接二連三跟她透露，系上迎新會曾經騷擾過她的蔡主任，最近老是偷偷摸摸地跟在她後面，一雙色瞇瞇的老眼盯著李薇不放，成天喃喃自語，為什麼，為什麼，為什麼妳要喜歡上那小子呢，他究竟哪點比得上我。

李薇不懂，蔡主任的年紀足以當她的父親，為何會對她幾近瘋狂的戀慕，這不合裡。除非他口中念念不忘的那個女人跟她有什麼牽扯。直到母親得知李薇被跟蹤的事，憂慮女兒的安危，才不得不告訴她，埋藏在灰樓多年的往事。蔡主任十年前是留美歸國學人也曾入住灰樓，與齊悅的父親齊老同時追求年輕女老師李薇。後傳聞因齊悅介入，使得對李老師付出真情的蔡主任大受打擊，為此還曾留職停薪，特意出國散心療癒情傷。可嘆的是，那個始作俑者李老師，不只背叛了齊老，誘拐了他的獨子齊悅，更辜負了蔡主任的一片深情，末了連夜搬出灰樓，逃避令她難堪的是是非非，更徹底傷了齊悅。那孩子真可憐啊，自從李老師不告而別，性格變得越發陰鬱，一顆心，彷彿永遠埋在灰樓。

母親的話，李薇半信半疑，總覺得哪裡出了問題，卻又說不上來，只覺母親對素不相識的李老師有股莫名的恨意。李薇不敢問，怕一旦認了真，會意外揭發她不想知道的過去。李老師究竟去了哪？真像廖伯生前說的，出國唸書？還是蔡主任為愛瘋狂時指稱的死無葬身之地，或者像母親嘲弄地說，拿了齊老、蔡主任的好處，不曉得去哪所學校招蜂引蝶了。

期末考結束後一周，齊悅在李薇的愛貓小小脖子上又繫了張紙條，想請她到灰樓作客，不知她願不願意賞光，最終在字條上還蓋了小小可愛的貓掌印向李薇示好。雖說人前齊悅對李薇的態度總是若即若離，背著人後卻越發對李薇關愛備至。有幾回齊悅忍不住探問起李薇對他是否有異樣的感覺，是否曾經在乎過他。李薇沒有坦承也沒有否認，只是想弄清楚兒時的夢，夢中在灰樓經歷過的一切到底是真實的人生，還是一場虛幻的夢境。倘若無法辨識，李薇毫無把握她可以無懼地接受齊悅的感情。廖伯死在灰樓院落，至今無法確認是仇家為賭資索求不到而怒殺廖伯，還是另有隱情。這蔡主任為何發了狂地跟蹤她，齊悅又怎麼會老是有意無意在她面前讚嘆灰樓的陰森是妖艷的美麗。這種種糾纏在李薇心頭的謎團，就快要壓的她無法喘息。

這天黃昏，李薇抱著愛貓小小依約走進灰樓，來到了齊悅的住處，用完晚餐才坐下來，居然發現收藏在齊悅房間裡李老師那本泛黃的日記，竟放在她的眼前，看著齊悅柔情地望著她，「倘若妳看過這本日記，那妳必然察覺日記裡最後一頁遭人毀壞的痕跡，肯定好奇究竟是誰幹的？沒錯。是我，是我扯下來的。我不能讓那個女人在背棄我之後又找上妳的父親，她的舊情人，幫她想辦法離開我。我為她付出了那麼多，不惜背叛我的父親。可她竟為了什麼狗屁的仁義道德、社會觀感和她的前途就要離棄我。實在是太可惡了。所以，我只好利用妳的母親，把扯下來的那頁日記繫在李老師那隻波斯貓的脖子上，讓天天帶著妳來灰樓散步的母親發現，得知她心愛的丈夫始終對李老師無法忘情的祕密，原來女兒的名字李薇竟是丈夫對愛人李老師深情無悔的印記。也因此，當晚還來不及搬走的李老師，就在灰樓的院落，在高大茂密的草叢裡，跟妳母親談判不成後，也慘遭妳妒火中燒的母親一刀斃命。而我和妳，我們正是那場可怕意外的目擊者。」

驚愕的李薇不敢相信齊悅的話，只是瞪大了眼睛，臉色逐漸由紅潤變得慘白，顫抖地質問起齊悅，「那廖伯是你殺的嗎？蔡主任會瘋狂的追逐我，也是你設計的。你……你……，你為何要這麼做，究竟是為了什麼？」

為了什麼？我不知道，我只曉得凡是知道太多祕密的人，都不會有好下場。就像父親發現我的祕密，也不能相信他的齊悅會借刀殺人，想著如果當初他能成全我和李老師，這一切的悲劇都不會發生。我還是他那個引以為傲的兒子，將來等著繼承他的衣缽發光散熱啊。為了我，父親不惜成為共犯，和我一起把李老師埋在灰樓的院落，埋進那高聳入天的草叢裡，寧可把所有的罪惡都推給「灰樓」，咬定灰樓是妖，是噬人奪魄的魍魎，也不願相信他的獨子齊悅是個可怕的惡魔。多諷刺啊，妳那個殺人之後，慌張丟下李老師，拋開妳的母親，是不是真該感謝我對她的慈悲，讓她和她的寶貝女兒能無憂的渡過這安穩的十年。

至於廖伯純粹是被黑道追殺，就近棄屍於灰樓的草叢以掩人耳目，蔡主任會跟蹤妳，全然是為愛癡狂的舉動。我齊悅從不處置無用之人，我的手從未沾過一滴廢物的血。如果真有什麼罪孽，無非放不下所愛，想將她留在身旁，如此而已。李薇，妳現在是不是感到有點頭昏，是不是覺得灰樓院落有隻美麗的波斯貓就要從草叢裡竄了出來。啊，親愛的李薇，我忘了告訴妳，我在妳每次來我家用餐小敘的時候，都會在妳的食物裡加點奇妙的藥，讓妳吃了以後，忘掉可怕的過去，只記得灰樓，灰樓裡美麗妖艷的院落。只記得我，深愛著妳，還有妳的貓，小小。安靜的躺在灰樓的草叢吧，和李老師，和她的波斯貓一樣，永遠陪著我，哪也不去。

暗夜之聲

她定住不動了。一雙眼睛直溜溜的盯著遠方，彷彿那兒有什麼，如她一樣攫住周遭，只等著誰先動手，將對方擊倒。宛如此刻窗台的雨，猛然落了下來，毫無預警地淹沒午夜。幾分鐘過去，緊閉的門扉，因無端闖入的風，微微晃動了一下，她的耳際傳來極度細微的聲響，好像有誰踮著腳尖走過，怕被察覺，反倒意外敗露了行蹤。

不知僵持了多久，屋外的一切，逐漸消聲匿跡，她鼓足勇氣輕輕推開門，將頭貼在門縫伸了出去，企圖窺探黑暗中，是否有什麼留下來。沒有，沒有，無論她來來回回，在佔地五十坪大的別墅，如何小心翼翼地巡邏檢視，都沒有發現任何遺落的線索，整個暗夜，除了她內心深不見底的恐懼，廚房天花板上蟑螂、壁虎藏頭縮尾的身影，居然什麼也沒有。

有的只是窗外潮浪翻湧的聲息，夜風拂過樹稍風鈴搖晃的輕音，她孤單的倒影和倉皇的心。姐姐還是沒有回來，那張尚未完成的素描，依舊放在客廳的畫架上，畫中的她，睜著天真無邪的眼睛，望向遙不可及的未來，宛如一艘被世界遺忘的小舟，正等著海上的燈塔，為她找尋生命的港灣。

坐在黑漆漆的夜裡，她忽然想起姐姐從前對她說過的話，曾經帶她去過的海邊，遇見一個和姐姐一樣喜歡看海的少年。那時姐姐才離開種滿果樹的山村，自荒野的香氣中走了出來，頭一回踩踏在潮水湧現的銀白色沙灘，愛戀上別墅窗外那一片遼闊的海洋，還有那位在月光下望海的少年。少年雪白的臉顏，掩藏著一顆小小的梨窩，一旦少年輕輕笑著，竟猶似芬芳的茉莉，綻放在姐姐甜美的眼眸，有時風一吹，就要在他們之間，掀起祕密的波濤。

姐姐究竟去哪了，為什麼還不回來，少年寫給姐姐的詩和信都沾滿灰塵，還放在書桌上，如她守候著姐姐何時歸來，為她朗讀少年欲言又止的柔情，萬般不捨的別離。少年那惦念的輕音，像是暗夜翻騰的海，夜夜在她耳際哀傷的迴旋。莫非姐姐忘了她，也忘了滿心牽掛的少年，忘了海邊別墅，忘了日落沙灘上和少年依偎的時光。怎麼可能，她不相信。

她想起最近房東眼神流露的驚恐，就好像別墅藏有什麼見不得光的祕密，需要對天發誓嚴守禁忌，以免惹禍上身。因為好奇，更因為發自內心微微的焦慮，她決定在姐姐回來之前，暗地調查房東眸中的膽怯，究竟所為何來。倘若這棟別墅真如廣告看板宣傳的風光旖旎又地靈人傑，為何租金如此低廉，房子四周的天花板和屋裡的衣櫃為何貼滿廟裡求來的平安符。如果沒有絲毫的欺瞞，這麼視野遼闊的高級別墅，造價不斐的精品家具，房東哪會分文不取地讓她任意使用，想來念去必然有不可告人的陰暗。

於是今夜她偷偷跟著房東來到離別墅不遠的竹林，只見房東行色詭異鑽入竹林，左彎右拐地好似有意擺脫誰的目光，神祕兮兮地來到一座古宅，也將手中緊抓不放的提袋，放在門口便匆匆離去。那舉動好像擔心大門猛然打開，會從古宅裡跑出什麼怪物。儘管她十分害怕，可為了查明真相，還是隱身於隨風晃漾的竹林，緊緊盯著離她僅有幾尺外古宅的動靜。

時光在她的凝視，彷彿冰封起來，直到樹影婆娑，直到一股莫名的香氣襲入鼻間，她那雙明亮的眼睛慢慢闔上，也不知不覺進入了夢鄉，放置於古宅門口，那只房東倉促拋下的提袋，依舊在冷風中苦苦等待。等她甦醒，早已躺在別墅沙發上，看見離家許久的姐姐就坐在旁邊溫柔地望著她。一會她陪著姐姐到海邊尋找少年。那時的她，只覺頭疼欲裂，不知為何疲憊異常，即便如此，她仍是追隨姐姐往海邊行去。沿途她們在竹林，遇見不知從哪冒出來的野狗，朝她們狂吠，那迫切地威喝，像是警告她們，若敢以身犯險，後果自負。

擺脫了惡犬的追趕，她看見有人從竹林內的古宅走了出來，面無表情地與她們擦肩而過。從那些人的模樣看來，多半是幽居山村的果農，倘若不是，身上絕不會泥味中還混雜著淡淡的果香，那香氣，像是來自鮮嫩的蜜桃，也像是清甜的香蕉。可怎麼會呢？別墅附近除了這片高聳入天的竹林，就是連綿不絕的海岸，哪來滿山遍野結實纍纍的果子，那些姐姐往昔的記憶，怎麼會出現在眼前。

當她們來到海邊竹林的古宅，只見門內堆滿陶罐，滿頭銀髮的老婦正站在那兒整理架上的瓶瓶罐罐，連同地上幾個破掉的古甕。姐姐靜靜的看著老婦將架上倒下的陶罐扶好，彎腰駝背地將地面毀損的古甕撿起來，拿進屋裡便輕輕掩上門。老婦似乎沒發現姐姐正冷冷地觀望。沒多久古宅的門又打開，這回有人走了出來，她仔細打量，竟是一臉驚恐的房東，緊緊挨著滿頭銀髮的老婦，也全身顫抖地哀求，「無論如何，您老這回一定要幫幫我。」只見老婦貼著房東的耳朵，不知悄聲說些什麼，由於距離太遠，即便聽力絕佳的她，都無法得知交談的內容。

那時的她，不解分明有好幾個果農從古宅離開，怎麼老婦、房東甚至同行的姐姐都渾然不覺，這究竟是怎麼回事。之後，從海邊竹林回來，姐姐把門窗打開，讓初秋清新的氣息驅走別墅發霉的味道，將書桌上少年寄來的信，一封封細細觀看，也微笑朗讀少年動人的詩句，不久，便為她畫起素描來。自從姐姐告別山林傷痛的過去，決定來到這處渺無人煙的海邊，已經許久不曾拿起畫筆。有陣子，她曾悲哀地認定，姐姐再也不會畫畫了。直到那個喜歡看海的少年出現，姐姐依戀起少年清澈的眼眸，頰邊閃亮如星的梨窩，才又燃起創作的火苗。

時間一天天地流逝，除了她，誰都認定遷居海邊別墅的姐姐如常生活，創作安然度日，唯有她懂，寧靜的歲月並不如想像的閒適，反倒潛藏著隱隱的悵惘與不安。一如此刻，姐姐雖然拿起畫筆仔細描繪她的眉眼身形，她卻覺得姐姐的眼神無比空洞，恍若專注於畫作的不是姐姐，而是失去靈魂的軀殼。每日，姐姐流連於窗外的海邊，那座銀白色的沙灘，每夜，聆聽潮浪拍打礁岩的聲息，自少年墜海喪生，不知癡癡等待著什麼。也許靜靜地陪伴，讓姐姐忘記心中的哀愁，是她唯一能夠做的事，可她實在不喜歡這棟陰森的海邊別墅，老想著要怎麼說服姐姐，儘快離開這裡。

入夜以後，房東又來了，她聽見房東對著偌大的別墅說，「你就安心走吧，我會帶著她離開。」然後，她發現房東手裡的提袋彷彿有東西竄來竄去的聲音，她又聞到那股莫名的香味，來自竹林熟悉的氣息，沒一會，她的頭跟著劇烈地疼痛，漸漸失去了知覺。

等到她再次甦醒，愕然發現她仍躺在海邊的竹林，房東遺留在古宅門口的提袋，依舊在午夜的寒風中佇立。而夜，更深了。她的耳際，又傳來響遍別墅每個角落，細微的足音，那神祕的聲息，越靠越近，就在這時，竹林古宅的門，突然打開，她驚訝地察覺，姐姐從屋楣寫有「靈骨塔」的古宅，從屋內架上的陶罐裡飛了出來，也將古宅外寒風中的提袋，緊緊地摟進懷裡，無限疼惜地說，「我等妳，好久，好久了。」

轉瞬，她看見，她銀白色毛絨絨的軀體，發出喵嗚、喵嗚的撒嬌聲，從提袋內雀躍地跳進姐姐的胸口，而墜海身亡的少年，正停下徘徊的足音，站在竹林深處，凝望著她，和抑鬱病故的姐姐，久別重逢。

LINE你一萬年

每天中午，小倩如常到大賣場報到，採買一日所需的食物。因為懶得作菜，多選擇方便的微波食品，男友何生每次打開小倩的冰箱，總是搖頭苦笑，唉，還好有我這麼廚藝精湛的情人，要不以妳這種吃法，遲早變成非洲難民。小倩聽了不以為意，依舊到大賣場採購何生眼中的垃圾食物，樂得享受何生為她準備的美食驚喜。

可能是常去大賣場光顧，又愛穿及膝迷你裙，戴墨鏡現身，那兒的服務員，全對小倩時髦的打扮印象深刻。尤其是賣場幾個愛嚼舌根的女員工，更愛議論小倩渾身上下的名牌，究竟由誰提供，揣想成天就愛往賣場鑽的小倩，該不會是企業家金屋藏嬌的小三吧。可左看右瞧，胸部平坦又身型瘦弱的小倩，怎麼瞧，都少了時下情婦，該有的魅力與風情。倘若小倩不是有錢大佬包養的女人，肯定是誰家的名門千金，否則憑啥穿金戴銀的成天跑來瞎晃，買東西全不管標價高低，一包定價快百元的泡麵，二話不說便拿了十幾袋往提貨車裡放。看得他們這些廉價勞工目瞪口呆之餘，內心深處跟著憤憤不平。同樣是女人，命運為何天差地遠。

基於某種嫉妒又羨慕的複雜情緒，大賣場女店員對於熟客小倩的態度，不免謙卑中帶點鄙視，時刻等著這個無所事事的貴婦何時出錯，好整以暇跑來跟前擊掌叫好，讓小倩明白天下沒有白吃的午餐，不是成天靠著裝傻賣萌，一味討好男人心疼憐惜，就能享有公主般的優惠待遇。

小倩對於大賣場窺探的目光，可謂視而不見，或者說是，與她何干。每日來這兒採買，無非貪圖方便，純粹為了填飽肚子，節省料理的時間，好騰出更多空檔，趕稿交差，多寫幾本書，看能不能寫出一片天，成了暢銷排行榜冠軍，讓她的荷包滿滿，不用為房租車貸憂慮重重，不必欠男友何生的恩惠越來越多，深怕來世要成為奴僕，才能償還何生的情深義重。至於其他，小倩全當馬耳東風。

由於完全漠視，小倩天天進出大賣場，一樣怡然自得，笑容滿面接受男店員的噓寒問暖，與他們閒談生活近況，毫無羞澀心虛。在小倩看來，這不過是社交禮儀，何必大驚小怪。即便好友慧慧曾多次警告提點，出門在外與人相交，仍需拿捏分寸，以免說者無心，聽者有意，誤解了小倩的落落大方，是某種存心的曖昧。最初聽到慧慧的好言規勸，小倩老覺她顧忌太多，顯得不近人情，可年深月久，才發現她的深謀遠慮。

這天清晨，小倩還賴在床上睡眼惺忪，手機沒來由震動了一下，螢幕立刻跳出貓影片。加上這週，已經整整兩個月，小倩每日都能收到大賣場阿力傳來的簡訊，這些訊息多半是貓影片。小倩因為愛貓豆豆，倒也樂於觀看，覺得十分有趣。儘管小倩對大賣場的阿力沒什麼印象，也忘了之前為何會加阿力為LINE友。反正，阿力是小姚和小宋的同事，應該是背景相仿的大學生，既然是單純可愛的二十歲男孩，加為朋友也無妨。

三年前，小倩剛從多雨的港都，搬來陰鬱的北城，貪圖用餐購物便捷，常常徒步到離新居不遠的大賣場，挑選生活用品，因為老是忘東忘西，屢屢在賣場迷路，找不到要買的物品，為此，經常受到店員小宋的指引幫忙，時間一久，加上互動頻繁，跟小宋越來越熟，逐漸成了無話不談的朋友。跟小宋的哥們小姚，熟稔的情況，也是如此。由於交情甚篤，免不了入境隨俗，迎頭趕上現代人的生活日常，留下手機號碼，在LINE上分享周遭見聞。雖然與小姚小宋，純粹的姐弟情誼，曾引來男友何生的猜疑，不懂小倩何以和兩個二十歲的男孩，感情如此交好，似乎不太尋常，後又想小倩或者想透過他們，理解時下年輕人的心思，有助於創作，誠然以書寫小說為業的小倩，不能畫地自限。念頭一轉，何生對小倩與小姚、小宋的友誼，也就放任不管，況且任性自我的小倩，又豈是何生能掌控。

拿小倩的手機來說，手機上的每則訊息，除非經她本人同意，誰都別想偷看竊聽。有回何生看了小姚傳來的商品訊息，被小倩當場察覺，險些鬧到分手，為免除後患，小倩索幸設定密碼，將LINE上的對話，封存成祕密。外人觀望，覺得小倩不知輕重，把大賣場店員，看得比男友還重要，肯定作賊心虛，和他們有不可告人的關係，倘若沒有，為何藏頭縮尾的，將訊息掩埋到不見天日。

小倩對於多方揣測，照樣無動於衷，如常天天到大賣場報到，跟小宋小姚親切閒談，夜夜在LINE上聊得愉快盡興，彷彿她重返大學校園，成了青春無敵的少女。完全無視周遭的耳語側目，一心念著，沒什麼比悍衛隱私更加重要。何生對於小倩的自以為是，縱容之後，只能無奈包容。

光陰轉眼即逝，小姚和小宋大學畢業，或有新的人生規劃，或談起青春戀曲，陸續離開大賣場的工作崗位，揮別了小倩的生活視野，他們之間的情誼，往日LINE上的熱絡聯繫，隨著時空阻隔逐漸淡去。小倩對於這樣的轉變，只當有緣重逢，無緣隨風而逝，並未感到悵然。小倩照樣到大賣場採買生活用品，與熟識店員說說笑笑，彷彿一切都沒有改變。直到兩個月前，那個叫阿力的男孩，親切地邀她為LINE友，小倩平靜的生活，才逐漸有了細微的轉變。

小倩答應阿力為LINE友，純粹為了貪小便宜，想著有阿力當內應，大賣場所有折扣，都不會錯過，除此之外，小倩跟阿力毫無交集。但又何妨呢，LINE的世界，來來去去，稍縱即逝，誰也不求永恆。以致天天接到阿力傳來的貓影片，小倩並未覺得不妥，想著阿力是個暖男，對LINE上的每個朋友都好，才會日日上傳可愛貓影片，給大家加油打氣，因此為感謝阿力的良善，小倩看過影片，總不忘回張貼圖，感謝阿力的好意。

可這一切，遠遠超乎小倩的想像。今天中午，小倩如常到大賣場挑選微波食品，踩著輕盈的步伐，觀看貨架上琳瑯滿目的商品，叨念著晚上男友何生要來家裡吃飯，該煮什麼料理給他品嚐。就算是微波食品，也要講究加熱的口感，是否足以滿足何生的味蕾，讓他吃得愉快盡興。正當小倩苦惱，該選哪種食材才好，騰空的貨架上，猛然竄出一雙細長的眼睛，凝視著小倩，「黑胡椒牛肉口感濃郁，咖哩雞肉味道鮮嫩甘醇，都是不錯的選擇。」等嚇了一跳的小倩，定過神來，想查探究竟是誰，給她建議，那雙陌生的眼睛，已經消失不見。

回家以後的小倩，心有餘悸，本想告訴何生大賣場的事，但又擔憂何生小題大作，跑到那兒跟店員盤問，想了想，還是決定不動聲色，也許那雙眼睛，只是碰巧撞見她舉棋不定，隨口給了建議。小倩自我安慰，肯定是忙著寫驚悚小說，寫多了，難免心神不寧。

誰知小倩才進廚房，準備為何生打理晚餐，手機就震動了兩下，螢幕隨即傳來阿力的訊息，又是貓影片。小倩隨手打開一看，是兩隻貓咪依偎著，正在親密地用餐。小倩望了一眼，嘴角不由露出會心的微笑，想著這阿力也太神了，怎麼曉得何生要來。因為忙著替何生做菜，小倩飛快回張可愛的貼圖，便也輕輕一按，把阿力傳來的影片刪除。

隔日天未亮，小倩就接到男友何生打來的電話，告訴小倩最近不要去大賣場購物，因為昨晚那兒發生刺殺案，有個去賣場買東西的婦人，被刺成重傷，正躺在加護病房。警方查獲現場遺留的證據，是一隻沾滿血跡的手機，據聞當時被害婦人，正在看LINE上的貓影片，極有可能看得入神，渾然不覺有人靠近，才會被刺成中傷，所幸大賣場的員工，發現婦人倒在血泊中，及時通知警方火速送醫，總算暫時保住婦人性命。至於兇手為何犯案，要等婦人清醒才能得知。

小倩聽了何生的警告，還來不及清醒，手機居然震動了，螢幕上，即刻竄出阿力傳來的貓影片，這回LINE上，不只有可愛的貓咪，還附有一張戴著帽子男人的照片。由於帽簷壓得很低，小倩根本看不清對方的長相，只覺渾身不由發冷，感到阿力的貓影片，非但不再暖心可愛，還有些恐怖，可又想，也許純粹是玩笑罷了，何需驚嚇過度。於是小倩手機一按，阿力LINE上，詭異男人的照片，立刻消散無蹤。但為了避免可能的危險，這回小倩決定聽何生的話，暫時不去大賣場購物。雖然不去大賣場了，小倩依舊留意命案的偵查進展，迫切想得知，刺殺婦人的兇手是誰，為何出手如此凶殘。

儘管小倩沒去大賣場，阿力照舊每天傳來貓影片，告知折扣的活動訊息。至於之前那張戴帽子男人的照片，小倩再也沒見過。可為了心間揮之不去的陰影，小倩察覺自己，越來越不想看到阿力傳來的訊息，即便只是可愛的貓影片，小倩都覺得影片裡呆萌無比的貓咪，剎間就要在眸中變成可怕的妖物。那個看似良善體貼的阿力，轉眼竟成了頭戴帽子看不清臉孔的男人。因為心底有了說不出的恐懼，小倩對於阿力每日LINE上的問候，漸漸由已讀不回，到乾脆視而不見。小倩想，阿力不是小姚小宋，根本沒有私交，漸行漸遠，該是最好的告別，久了，阿力覺得無趣，就不會再傳訊息。

可沒有。無論小倩的反應多麼冷淡，阿力不只一樣每天傳貓影片給她，甚至變本加厲地在LINE上告知小倩，大賣場不欲人知的內幕。先是那個身材肥胖如豬的女店長，如何奚落小倩風騷又有公主病，老愛黏著小鮮肉聊個不停，後更拍攝他的工作表給她，好讓她掌握他的上班時間，不致錯過任何與他見面的機會。最令小倩震驚的是，阿力居然在LINE上公開他的薪資，並悄悄搜集賣場優惠點數，等著哪天親手交給她。甚至午夜傳來公貓如廁的影片，一早獻上自拍照向小倩噓寒問暖也關懷備至。這會小倩真的證實了心中的疑慮，阿力日日體貼的問候，看似可愛的舉動，原來別有企圖。那麼幾周前在大賣場突發的刺殺案，該不會同阿力有所牽連，新聞指稱婦人被刺前，正在看LINE上的訊息，那訊息，正是阿力天天傳來的貓影片。如今躺在加護病房奄奄一息的婦人，該不會像她一樣同阿力成為LINE友後，也察覺出異樣，才招來殺身之禍。

小倩由於實在害怕，終於將阿力的事，在何生面前和盤托出。何生聽了前因後果，頓了頓，也要小倩靜觀其變，先別急得封鎖阿力，以免無法得知阿力的心思，預料日後可能的行動。但，為了小倩的安危，何生依然藉由人脈，查出店員阿力的底細，得知阿力是老闆的遠房親戚，來大賣場工作已經三年，個性溫厚，人緣頗佳，沒有女友，和生病的哥哥相依為命。生活中除了大賣場外，就是拚命兼差賺錢，想改善經濟環境，若是像阿力這麼善良單純的男孩，都會拿刀刺人，這世上恐怕沒什麼好人了。倘若阿力真像大賣場員工形容的那樣，又怎麼會對小倩做出超乎尋常的行徑呢。何生幾次探詢小倩，可有對阿力做出過份親膩的舉動，讓阿力心生誤會，以為小倩對阿力有愛慕之情，才令阿力在小倩刻意疏遠後，羞憤之餘也喪失理智，透過手機傳來不堪入目的照片，以報復小倩的無情。

可任憑小倩怎麼想，還是找不出與阿力曖昧的記憶，如果有，頂多是給小姚、小宋蛋糕點心，有回看見阿力在場，隨手送了一塊蛋糕給阿力嚐鮮。小倩懊惱的說，給塊蛋糕對我而言，就是一種問候，正常社交罷了，何況我年長阿力許多。阿力對我來說，就是個可愛單純的弟弟，像小姚小宋一樣。因為徹底的問心無愧，小倩更覺阿力在LINE上脫序的行為十分可怕。

又過幾日，阿力的LINE，居然消聲匿跡了，緊接著傳來他辭職的消息，大賣場之前發生的刺殺事件，不久苗頭全指向了阿力，彷彿他就是那個冷酷的凶手。可阿力究竟去了哪，大賣場沒有人知道，警方多次到阿力的住處查詢，家中除了一股莫名的惡臭外，只剩下灰塵遍佈的老舊家具，就好像這兒久無人居似的。非但善良的阿力不見了，連同和阿力相依為命的哥哥也離奇失蹤。於是大賣場開始有謠言傳出，暗喻小倩同阿力私交甚篤，常見阿力上班時偷偷給小倩搜集折扣點數，為小倩留意大賣場舉辦的贈品抽獎，甚至撞見好幾回小倩買點心給阿力，還親手一口一口餵他吃呢，言之鑿鑿的指證，如果兇手真是阿力，肯定是小倩玩弄了小鮮肉阿力的感情，才會讓阿力在情緒失控下，找個與小倩年紀相仿的婦人出氣。

所幸警方辦案講究的是確實的證據，不會聽信閒雜人等的隨意指控，模糊了偵辦的方向。又由於阿力家中那股濃濃的惡臭，像極了屍體腐爛的氣味，也因此警方決定申請搜索令，將阿力住處每個死角仔仔細細地搜查一遍，或者能夠發現先前遺落的證據。而小倩在男友何生的建議下，更親赴警局提供線索，將阿力傳在她LINE上的所有訊息，做為辦案時的參考。

小倩原以為阿力的事交給警方處理，對她來說，自此告一段落，有沒有封鎖阿力，已無大礙。沒想到從警局作證回來的深夜，小倩的手機又猛然出現阿力的訊息，只見LINE上，跳出一個頭戴帽子的男人，正瞇著一雙細長的眼睛，朝她露出詭異的笑容。那張臉孔既陌生又熟悉，小倩愣了好久，才確信是阿力。縱使證實是阿力，卻又感到哪裡古怪，總覺得阿力的眼神，沒有這麼陰森犀利。就在小倩錯愕時，沉默的手機，突地震動了起來，LINE上接連傳來好幾張照片，全是阿力凝視小倩的表情，一張比一張放大貼近，小倩感覺阿力就要從手機跳出來，掐住她的脖子不放，她就快要被他壓制到不能呼吸。

小倩頓時百感交集，悔不當初沒聽信慧慧的警告，若非信任的人，絕對不要隨意加為LINE友，以免不察惹上麻煩。嚇壞了的小倩，慌亂的拿起手機要打給男友何生，可唯時已晚，頭戴帽子的男人不知何時站在她身後，正拿出利刃朝她刺去。隔天大賣場貨架上的電視新聞，偌大的標題寫著：

刺殺案外案！

在逃嫌犯阿力暗戀小說家不成，因愛成恨，深夜闖入香閨，將其刺成重傷，小說家至今昏迷不醒。

這時離醫院不遠的老舊賓館，一處灰暗陰冷的房間，有個頭戴帽子的男人，正瞇著一雙細長的眼睛盯著電視露出詭異的笑容，也望著螢幕上躺在加護病房的小倩，喃喃自語，都是妳這個女人，害得阿力被妳蠱惑得竟然想離開我。上次那個倒楣的婦人，當了妳的替死鬼，這回妳可沒那麼好運。說完之後，望著阿力的照片，輕聲哀嘆著，阿力啊，不要怪哥哥，我這麼做，都是為了保護你。你在天之靈，可要保佑哥哥的安危，千萬不要怪哥哥那天刀沒拿穩就刺穿你的胸膛。安心地去吧。從今以後，我替你活著，你就是我，我便是你，那個良善單純的阿力。

隧道

「快點啦，趙立。來不及搭車，可別怨我。」

一會，睡眼惺忪的趙立跳上老哥開的休旅車，載著好幾箱器材跟同事賴皮、馬克往拍攝中的景點出發，期盼能在約定時間趕到入駐民宿。這次旅行主要以拍攝梅山隧道為主，加上配音和故事解說，趙立有把握能在來年企劃案中脫穎而出。屆時老哥、賴皮、馬克和趙立，四位一體的節目部黃金組合，預料又能為Ａ台帶來難以估計的商業利益。

「對了，國內古怪傳聞的隧道那麼多，趙立為何單挑梅山，不選離公司近點的隧道拍攝。」老哥一路將車子開上高速公路，禁不住回頭問同行的馬克和賴皮。

「趙立自然是看上梅山隧道頻頻發生慘劇的賣點嘛。光憑這些離奇的事故，無數慘死的亡靈，就足以讓觀眾嚇得屁滾尿流，讓我們的廣告營收跟著節節高昇啊。」賴皮把快抽完的煙蒂丟出急駛的車窗外，嘻皮笑臉地解釋。

「我勸你別瞎扯，幹我們這行的，該守的禁忌，最好不要忘記，免得人還沒到梅山隧道，半路就出狀況。」馬克瞪了賴皮一眼，打開手機上網搜尋梅山隧道，期盼有助於拍攝工作。至於趙立則因疲累，老早在車上睡得不醒人事，壓根沒聽見老哥的問話。

那時趙立在夢中，看見一個男孩緊緊牽著女人的手站在陰暗的山洞前，任著轟隆隆的礦車從黝暗的地底緩緩駛來。不久有個渾身沾滿灰塵的男人從礦車一躍而下，抱著男孩開心的親吻：「今天在學校過得如何？有沒有聽老師的話，努力學習啊。」

只見男孩皺眉把男人輕輕推開，一下子掙脫了男人熱情的擁抱，飛快躲回女人的懷裡。那日，女人穿了件湖水綠的長裙，山風一吹，裙擺就跟著四周青色的草原，輕輕飛揚起來，這如畫的風情看得草原內模糊的影子不覺傻了，不明白男孩容顏水靈的母親，為何會是眼前這個相貌醜陋男人的妻子。

那年男孩並不知道父親是開發隧道的工程師，每日需到好幾百公尺深的地底探堪，以免工人不熟悉凶險地形引起可怕的崩塌。由於男孩的父親賴以維生的工作十分危險，使得男孩和母親無時不為父親的安危擔憂。好幾回男孩發現母親躲在房裡掩面哭泣，希望父親能儘快擺脫這樣提心吊膽的生活。也許母親著實牽掛父親，才會帶著男孩天天長途跋涉，跑來隧道迎接全身又髒又臭的父親回家，深怕遲了，父親會掉進幾百公尺深的山洞，再也無法出現在他們的面前。

馬克望著手機，螢幕上閃現梅山隧道的訊息。其中，吸引馬克視線的是二十年前發生在梅山隧道內的嚴重崩塌。據資料顯示，當年梅山隧道開挖前，即因地勢過於險峻遭到有關單位攔阻，幾經波折後，才在有限的資金和人力下勉強開工，期間又因地質探堪調查有誤，曾數度停擺，險些造成工人暴動。後來雖經有力人士出面協調再度開工，沒多久卻又嚴重崩坍。當年報導指出，由於工人引爆炸藥，不慎造成落石坍方，使得隧道內的岩石產生裂縫，繼而發生湧水現象，釀成可怕的災難，並將百名工人和兩位工程師，活活困死在梅山隧道。自此有關梅山隧道的靈異傳聞從未斷過；更有人謠傳當年梅山隧道的慘劇，絕非報導所言是工人的疏失，而是與主導開挖的兩位工程師有關，聽說那天要不是他們發生劇烈爭執，悲劇也不會發生。

「喂，你幹嘛盯著手機不放，該不會是在看色情網站吧。」賴皮發出淫笑，不懷好意地瞄了馬克兩眼。

馬克沒理會賴皮，連忙打開其他網頁，繼續追查梅山隧道慘劇的後續報導。果然經過查閱，網路出現一則令人錯愕的消息，近日，有當年罹難者家屬撞見，早該在梅山隧道化為屍骨的工程師，居然開著跑車現身北城。爾後心有不甘的家屬，央求警方協助調查，才發現開車的人，只是面貌相似的華僑，根本不是早已往生的工程師。

「民宿到了沒？老哥，我究竟睡了多久？怎麼覺得頭這麼疼，好像被誰用石頭砸過。」趙立醒了，望著車窗外一閃而逝的街景，撫著後腦勺出聲探詢。

「大概再過半小時吧，總之快到了。對了，趙立，你剛剛睡著，一直嚷著『喬喬，喬喬』的，喬喬是誰啊。你新把的妹?!」

「喬喬?!有嗎？我怎麼不記得了？」

「不會是梅山隧道傳聞的癡情女鬼吧。丈夫都死在隧道好些年了，還天天帶著孩子跑到梅山隧道等他回來，直到被路人發現，她跟孩子死在隧道門口，屍體都發臭長蛆了。」

坐在車後座又在抽煙的賴皮說，後來當地住戶怕癡情女鬼死不瞑目，還幫她蓋陰廟，讓她和孩子有棲身之所，不致成為無主的孤魂到處嚇人。可是啊，這女鬼對丈夫用情太深，就算死了，仍不忘夜夜到梅山隧道盤旋。好多開車經過梅山隧道的旅客，都見過她牽著孩子站在隧道前，對他們不斷揮手，呼喚丈夫的名字。賴皮一股腦地把關於梅山隧道的可怕傳聞告訴大家，藉此向行事嚴謹的馬克證明他確是優秀的助理，不是馬克眼中色瞇瞇的癡漢。

「那女鬼的丈夫究竟是誰？」馬克的眼睛露出前所未有的質疑。

「我哪知道啊。也許趙立曉得，畢竟向公司提案，堅持來梅山隧道拍攝節目的是趙立啊，你該問他才是。」

「問我？怎麼會問我呢？這案子不是老哥留話要我提案的嘛，你說你跟節目部老總剛分手，怕她公報私仇否決你的提案，你才要我出面扛下來啊。」趙立揉了揉疲憊的眼睛，堅決否認提案到梅山隧道做現場驚悚節目是他的意思。

「咦，這就奇了，我並沒有留話給你啊。再說，我和節目部老總喜帖都發出去，又何來分手之說。」

因此依老哥猜測，肯定是節目部空降部隊搞得鬼，想讓他們彼此猜疑，自亂陣腳，既然來都來了，他們幾個就將錯就錯吧，四個大男人，總不會真怕一個女鬼吧。之後，老哥看著導航系統上的黑點，往地圖顯示的地方迅速前進。

馬克聽了老哥的解釋，內心覺得詭異，可又怕說出來，會讓大家恐懼不安，心想，還是先上網查癡情女鬼的丈夫究竟是誰比較重要。可這回不管馬克查了多少網站，都找不到女鬼丈夫的真實身分，僅查出女鬼生前的名字，居然就叫喬喬，趙立沉睡時，一直呼喊的名字。正當馬克猶豫該不該把查詢的結果告訴大家，只聽見身旁的賴皮發出驚呼。

「啊，我想起來了。我們出發前，不是在手機上同時收到一封簡訊，上面不是清楚地寫著，今晚要住的民宿就叫喬喬之屋。你們說，這是不是太巧合了啊，車子還沒到民宿呢，趙立剛剛就喊著喬喬、喬喬的沒完沒了，還真他媽的，活見鬼了。」

這下子，坐在旁邊的馬克聽到賴皮的話，手腳瞬間感到冰涼無比，恍若梅山隧道的癡情女鬼喬喬就在急駛的車窗外，朝著馬克輕輕吹起午夜陰冷的風，凝視著車窗內四個大男人哀怨的傾訴，請問你們，有沒有看見我的丈夫。

「馬克，查到了沒?癡情女鬼丈夫的名字?」老哥問得泰然自若，一副事不關己的模樣。

「丈夫的名字沒查到，癡情女鬼的名字倒是查出來了，就叫喬喬。」馬克話一出口，大家的臉色，剎時變得鐵青。

「真的假的，那女鬼，就叫喬喬。不成，不成。我看我們當真撞邪了，車都還沒開到梅山隧道呢，就被隧道的癡情女鬼給纏上，這還了得，做節目固然重要，可我們都快沒命了，還拍個屁啊。老哥，求求你，就聽我賴皮這一回吧，我們原車回去，逃命要緊啊。」

「拜託哦，我們做驚悚節目都多少年了，虧你還信這個，沒事的，再過兩天就要跟公司提案，難不成你要那批空降部隊笑話我們幾個膽小，連現在燈火通明、車流量頻繁的梅山隧道都不敢去。」

眼看老哥的車，往「喬喬之屋」民宿，持續前進，賴皮除了全身顫抖，縮在後座擔憂受怕外，全無對策。馬克知道要老哥返回北城已不可能，又見趙立對梅山隧道似乎無所畏懼，不禁起疑。因為對趙立有了防備，馬克偷偷上網，在急駛的車內，暗自調查起趙立的身家背景。首先，馬克破解密碼，下載了A台員工機密檔案，輕易調出趙立的職員資料，上面清楚地寫著，趙立，A大戲劇系畢業，B大戲劇碩士。經歷C台製作助理，B台節目製作，A台節目製作副理。父親趙林，母親宋梅。馬克將趙立的檔案，前後讀了十遍以上，看不出與梅山隧道有絲毫的牽連。正當馬克快要放棄對趙立的追查，猛然記起某天深夜，喝醉的賴皮跟他提及，趙立這人行事詭異，父母明明健在，逢年過節卻不見他休假返鄉跟雙親團聚，倒是常常往北城近郊公墓流漣忘返，不知去祭拜誰。

「馬克，想誰啊，想得這麼入神。這次到梅山隧道拍攝，你不是下載了很多關於那兒的檔案資料嗎？依你判斷，我們該從哪裡拍，比較吸引觀眾？」趙立盯著坐在身邊的馬克，問起拍攝梅山隧道的細節。

「是啊，馬克以你敏銳的職業嗅覺，該從哪拍好呢？你說，從癡情女鬼徘徊不去的隧道門口拍好，還是網路上最近傳得很凶的雨傘婆婆拍比較恐怖。」這時老哥聽了趙立的提問，跟著探詢起馬克的意見，那興奮的神色，彷彿他們的車，早已開進梅山隧道取景。

「先拍雨傘婆婆吧，聽說那老婆婆每逢下雨的深夜，總喜歡拿把黑色的破傘在梅山隧道路中央揮傘攔車，要人載她回家。等你車子真得開到老婆婆面前，預備讓她上車，誰知道咻得一聲，老婆婆又突然在你眼前消失無蹤。」

馬克心有餘悸地形容，即便當時在梅山隧道嚇得不敢停車，老婆婆依然沿路出現在你途經的每個路口，咧開大嘴，揮著那把破黑傘對著你的車窗喊著，我要回家，我要回家，求求你，快點載我回家，直到你的車子開出梅山隧道，或者永遠停在老婆婆面前動彈不得。所以馬克認為，論驚悚程度，雨傘婆婆遠比癡情女鬼恐怖多了。

「不，我覺得要拍，就拍癡情女鬼才有話題性，怎麼說呢？一來這個傳說浪漫又悲情，很能吸引善感的女性觀眾，二來造成梅山隧道崩塌慘劇的原凶，至今尚未找到，更為癡情女鬼的傳聞，增添無比的懸疑，讓平常愛看推理劇的客群，也會被我們的節目吸引。」趙立有意駁斥馬克的提案。

「問題是媒體不是報導了嘛，發生在二十年前的崩塌慘劇，肇事者是梅山隧道的工人，由於他們引爆炸藥不慎所引起的。既然是這樣，梅山燧道就無懸疑賣點可言。」老哥邊開車，邊回頭否絕趙立。

「關於這點，就要問你了，你比誰都清楚當年梅山隧道爆炸案的真相，不是嗎？」趙立冷冷地看著老哥的眼睛。

「我?!趙立，你這是什麼意思。我可警告你，為了節目好，我都能由你，但是有些話，絕不能亂說，要拿出真憑實據才行。」老哥似乎被趙立激怒，言詞變得犀利起來。

「對啊，對啊，趙立，你憑什麼一口咬定老哥是當年梅山隧道肇事的原凶?!事情都過二十年了。」賴皮縮進馬克的身後，唯唯諾諾的說。

「就憑姐姐死後留下的遺物，老哥寄給她的照片和情書，就憑老哥當年追求姐姐不成，竟然設計陷害姐夫，讓姐夫和工人活活被老哥引燃的炸藥，炸得屍骨無存。你們要證據是嘛，老哥不慎被炸藥毀掉的左手，便是最好的證據。」

趙立指著老哥正在開車的左手，憤恨地回憶起梅山隧道當年的爆炸事件，痛斥心機深沉的老哥，在慘劇發生後，居然編造假證詞，向警方污衊姐夫，與其他工程師發生爭執，以致引爆炸藥，害死數百名工人，爾後更搧動罹難家屬的情緒，讓他們出面指證歷歷，向媒體控訴梅山隧道工程師犯下的嚴重缺失。當年包括辦案經驗豐富的警探在內，都被老哥哀痛欲絕的眼神所矇騙。誰都料想不到梅山隧道慘劇的倖存者，一個來梅山隧道打工的大學生，竟會是引爆炸藥，造成梅山隧道瞬間坍方的原凶。

「老哥，趙立說的，都是真的嗎？你當真是那個喪盡天良的凶手？不，不，這太離譜了，我不相信。老哥，快告訴趙立，你左手沒有廢，沒有讓炸藥毀掉啊。」車後座的賴皮不可置信地猛搖老哥的肩膀，希望素日敬重的長官，不是當年心機深沉的大學生。

始終沒有出聲刺探老哥的馬克，從後照鏡中察覺，老哥眉頭越來越深鎖，車子越開越快，掌控方向盤的左手，比起肌肉線條分明的右臂，明顯僵硬許多。仔細一瞧，馬克心底不由涼了半截，老哥那隻終日藏在長袖襯衫裡的左手，原來是製作精良的義肢。

「你為了查出真凶，居然可以在我身邊忍耐這麼多年。但是，你遲了一步，即便你有證據，證實我是導致當年梅山隧道慘劇的凶手，也早已過了刑事追訴期。老實告訴你無妨，手機上的簡訊是我發的，邀請大家到喬喬之屋過夜，留話給趙立，堅持到梅山隧道做驚悚節目的，沒錯，都是我的主意。因為唯有重返梅山隧道，才能逼趙立觸景傷情，說出埋藏在他心中多年的隱痛。只是賴皮和馬克，這回老哥要對不住你們了，可能要麻煩你們陪趙立到陰曹地府走一趟。」

瞬間趙立、馬克和賴皮，但見車子前後火光四溢。老哥突地打開車門，飛快跳了出去。然後，梅山隧道裡川流不息的車輛，只聽到隧道中央傳來漫天巨響，接連十幾輛車子煞車不及，全都撞在一起。

隔日清晨，市立醫院門口擠滿了從各地趕來的記者，全都為採訪幾小時前在梅山隧道發生的追撞意外，聽聞這起發生於昨天深夜的嚴重事故，不僅讓梅山隧道濃煙密布，溫度飆升到猶如火山爆發，更造成了數十人傷亡，其中首批死者的名單，分別是趙立、馬克和賴皮。據趕往梅山隧道的現場記者表示，原來要同他們一起出發到梅山隧道拍攝驚悚節目的製作部經理老哥，因家中臨時有事，未能同行，幸運逃過一劫。

3

藍眼睛

攝影／王俊智

汪洋

章家祥

落日的晚霞反射海洋的穩浪，一閃一閃亮晶晶
坐在七星潭的鵝卵石上，雙腿自由伸展，像魚
嚮往恣意飛翔，有鰭而無羽，只好暫時漂流
曾經想當一隻魚，卻也在獵捕的現實裡頭，摒棄念頭
一片汪洋，藍得像美麗宇宙視角的地球，也像貓
那樣晶瑩的深邃藍眼，藏在不可言喻的世界裡，漂浮
沒有人會知道，無底洞的深度，有多深，像海洋
只能在它是海洋的時候揣測，若是以聲波打探，現實
會是一片無以端詳的汪洋，嗜人的漩渦，沉沒幻想

藍眼睛

進屋時一個人也沒有。華生提著裝滿海水的塑膠帶和帶內奄奄一息的海馬朝店內叫了兩聲，除了老闆養的那隻土狗不斷搖尾激動的吠叫外，整間水族館只剩下魚箱內電動馬達運轉的聲音。

奇怪才中午，素日在店裡寸步不離的老闆究竟跑去哪。因為擔心海馬會死掉，華生盡自往後面走去，邊走邊找邊高聲呼喊，試圖引起店內其他人的注意。

叫了幾回，有個瘦小的年輕人突然從屋裡探出頭來：「找我爸啊，他出門了，等會就回來。」

華生望著年輕人額上似乎有血微微滲出來，那雙猶似老鷹般銳利的眼睛同水族館老闆如出一徹。

「我的海馬生病了，想讓老闆看看，到底是哪出問題，昨晚入睡前，我明明記得還好好的。」

那個自稱老闆兒子的瘦小年輕人目光如炬，沒等華生把話說完，便將塑膠帶打開往袋內瞄了一下：「沒事的，海馬沒問題啦，牠橫的躺只是在睡覺休息。」

既然海馬沒有生命危險，華生也沒有留在水族館的必要。只是華生老覺得店內的氣氛不如以往熱絡，可又說不出哪不對勁。抬頭一瞧，老闆素日那幾籠放在水族箱上的畫眉居然不見了。怎麼會呢？前幾天老闆還直說這幾隻畫眉是他的心頭寶，平常放飛時總愛跟著他在店內四處翱翔也清唱個不停，除非他先離開，畫眉是不可能棄他而去。

這麼一想，華生禁不住回頭問了年輕人兩句：「你家的畫眉呢？怎麼全不見了。」

年輕人愣了一下，遂說：「我媽嫌髒，把牠們拿到頂樓曬太陽了。」可這時窗外陰雨綿綿，哪來的豔陽，華生心底不由緊繃，又追問：「小黑呢？就你爸養的那隻土狗？剛剛不是在這？這會溜到哪玩？」

年輕人隨手抹去額上的血漬，不由睜大眼睛看著華生微笑回說：「牠老愛鑽來鑽去的，現在八成跳到我爸的床上睡覺了。」

華生拚命找話題，刻意拖延時間想知道老闆到底何時回來，或者已經回不來了。一會屋外猛然傳來轟隆幾聲雷鳴，原來陰暗的天色變得越加灰敗。

「這隻小丑魚，真美。」華生手指著水族箱內優游來去的熱帶魚，心底盤算著要如何支開年輕人，往屋內老闆住居的整棟樓房探查，察看老闆心愛的畫眉和土狗小黑是不是真如年輕人所說的在頂樓床上睡覺曬太陽。

「是啊，熱帶魚因為生長於海洋，顏色大多豔麗繽紛，只要水質乾淨清透就能養得好。」年輕人不知何時站在華生的身後，輕聲附和也詢問起華生：「常聽老爸說，你是魚癡，家中的水族箱不只養海馬，還有灰仙和黑金鋼。更聽說你一直想見老爸養的藍眼睛。」

「老闆連這都跟你說，真是藏不住話啊。」華生提著沉睡中的海馬，一雙眼睛在水族館內搜尋可疑的線索，腳步跟著越發沉重。但為了解開心間的謎團，仍執意追查下去，於是華生回頭笑著對年輕人探問：「進門急的跟你請教海馬的事，都忘了問你的名字。」

「我叫阿海，才退伍，現在賦閒在家幫老爸打理店務，往後你會經常看到我。」阿海露出爽朗的笑容，對華生的疑問應答如流，恍若一切都在他的掌控之中，只等著華生對他開口。

「常聽老闆說，頂樓養了很多稀奇又漂亮的熱帶魚，其中以藍眼睛的魚身最出色亮眼，現在你方便帶我去一睹為快嗎？」華生央求的說。

只見阿海眉頭皺了一下，三言兩語就婉拒華生突發的請求，不外是老爸不在家，未經同意就上頂樓似乎不太合適，若華生真想參觀還是等老爸回來再說。

時間匆匆流逝，老闆依舊沒有回來，阿海依舊陪著華生在水族館內四處瀏覽，交換彼此的養魚見聞，不忘小心翼翼提防對方，深怕洩露任何消息。華生儘管問得謹慎，卻不時在阿海的話裡挑三撿四，一回回想從中探究老闆久去不歸的原因。期間來店內買魚看魚、詢問比價的客人亦不在少數。除了華生，沒有人對阿海起疑，猶似大家對未婚老闆平白多出了個兒子視為理所當然。

「唉，你的頭。」華生發現身型瘦小的阿海額上又微微滲出血來：「撞傷的嗎？」

「被畫眉啄的，牠們只聽老爸的話，誰敢惹牠們，誰倒楣。」阿海苦笑解釋，隨手拿了櫃上的帽子戴了起來也不忘將帽簷拉低，深怕華生察覺出什麼。

就在這時，水族館的門框唧一聲，有人走了進來，是個年近七十的老婦，只聽阿海趨前叫了聲大姑，華生想泰半是老闆的家人。

可不對，華生清楚記得老闆獨居，親友多在海峽對岸，在國內只有遠房表弟遷居南部。老闆的水族館兼住家樓房，僅有畫眉、土狗為伴，沒有其他的人啊。此刻站在華生面前的除了兒子阿海，突然又蹦出了一個滿臉風霜的姐姐。華生心想，這到底怎麼了？是眼前這個名喚阿海的年輕人說謊，還是老闆有意隱瞞真實的身分。

「老爸在車上等著呢，你先開車載他去看病，店裡的生意由我來照料便好，這是車鑰匙。」體型微胖且留著學生頭的大姑，放下鑰匙，一股腦地坐進了老闆的位置仰頭望向華生：「這位先生，還有什麼需要我為你服務的嘛。」

「有是有，不知妳方便帶我到頂樓的私人水族館參觀嗎？上回老闆跟我提過，若想看他收藏的藍眼睛，就得到頂樓。」

華生見阿海穿好皮夾克，拿起桌邊的紙袋和車鑰匙，急沖沖地從後門出去，靈機一動，再度向大姑要求到頂樓參觀藍眼睛。

沒料著這回大姑想都沒想就答應了，一起身便領著華生往樓上奔去，華生沿路尾隨大姑登上搖搖晃晃的階梯，才到頂樓就被窗外灌進來的冷風吹得颯颯發抖，同行的大姑好不容易將窗子關起來，又帶著華生穿過長長的廊道，就在快要打開最後一扇門時，站在門外的華生，竟然猶疑了起來，念著要不要先報警以防不測，可若是弄巧成拙，老闆根本安然無恙，如大姑所言，正往醫院就診，那麼一來，他的報警，豈不成了擾民。

正當華生想轉身離開，頂樓的私人水族館突地傳來有人輕輕喘氣的聲音，縱使十分微弱，華生仍聽的一清二楚。那略帶鼻音的喘息，極可能是老闆的求援，因此華生為了救人，隨即飛快闖了進去，然而門內，除了佈滿海葵、礁岩、珊瑚、水草的巨大水族箱，即沒有漂亮的藍眼睛，亦未見老闆的蹤影。

可詭異的是，華生進來這兒，卻有種飄飄欲仙的感覺，覺得他好像是悠遊於蔚藍海洋的熱帶魚。不知不覺，就想往巨大的水族箱裡去，化身成色彩斑斕的藍眼睛。等華生醒轉過來，才驚覺他竟然困在水族箱內，而他那隻奄奄一息的海馬，不知何時已在水中飄來蕩去。華生的四肢不見了，全退化為身上的鰭，他自健身房苦練多時的六塊肌，也演變成遍身的魚鱗。

就在華生為他的突變感到無比震驚，失蹤多時的老闆居然推門而入：「嗯，再過一陣子，等他身上的鱗，全長齊了，在藍光的映照下，肯定更鮮豔迷人。」

華生看見站在老闆身後的老婦，不由跟著輕笑附和：「是啊，等他的魚鱗，變得更晶亮、更透藍時，再把這尾新來的藍眼睛賣出去。對了，你那些畫眉呢？」

「哦。在車上，正在啄食那個叛徒阿海，牠們餓壞了。」老闆打開窗，朝樓下望去，有血漬，正從車內滲了出來。

飛天機器人

李白站在那兒已經很久。無論王琳怎麼在耳邊催促，李白一雙眼睛依舊盯著那尊飛天機器人不放，那專注的神色就好像要看穿機器人一樣。

王琳見李白望的入神，索性矇住李白的眼睛，笑罵道，難不成這冷冰冰的飛天機器人比我還好看，讓你忘了我們來這兒的目的。李白當然沒忘，記得今天來王氏科技，是為了說服王琳的父親王成捐錢給文藝社，以便出版第一本校刊。只是李白萬萬沒料到會在王氏科技撞見這尊飛天機器人。進了電梯，李白禁不住困惑，向王琳探問起飛天機器人的來歷，果如預料，是王氏科技為了展覽特別設計的宣傳主題。不久在頂樓的董座辦公室，經過李白一番唇舌協同王琳的積極引薦，文藝社如願獲得王成的金援，可以如期發行校刊，沒什麼比這消息更令人振奮的了。

那天從王氏科技返家，李白的腦海不斷盤旋著飛天機器人，尤其是機器人那雙燄紅如火的眼睛，李白總覺得這不是冰冷機器該有的熾熱目光。還有，飛天機器人身後的翅膀，從某個角度觀望，更像是渴望自由的隱喻。可李白這一切，看在好友王琳的眼中，竟成了臆想的餘毒。以致王琳勸李白與其滿腦子都是無謂的猜測，倒不如把心思放在校刊編務上。

話雖如此，李白仍在籌備校刊的同時，不自覺的畫起飛天機器人來。李白筆記本內每張看似隨興的草圖，圖中的飛天機器人一律都有雙紅燄似火的眼睛，紙上那一顆又一顆滾動的眼珠，彷彿就要對誰，瞬間噴出火來。李白這樣的畫，王琳兒時便見過，大約是進幼稚園那年，李白只要傷心難過，就會畫起飛天機器人。畫裡每個機器人身後都長有翅膀，臉上全有雙紅燄似火的眼睛。王琳曾好奇詢問過李白，為什麼老愛畫紅眼飛天機器人？那時李白只是低頭專注地畫，從未回應，久了，王琳習慣李白以這樣古怪的方式排解內心的不快。可令王琳不解的是，李白畫飛天機器人紓壓的行為，早在童年的一場意外後消聲匿跡，迄今怎麼無端又畫了起來。

王琳印象裡，李白兒時的房間，除了母親為他特意挑選的昂貴演奏型鋼琴，牆上即是整櫃的琴譜書籍和雜誌畫冊，從未見男孩喜歡的機器人、怪獸、遊戲軟體之類的玩具。習醫的雙親總認為，讓李白接觸藝術、音樂，不只在潛移默化中，能陶冶他的氣質，更能讓他潛藏的不安，經過這樣的文化養成，自然而然地平靜下來。

李白很爭氣，從來不曾辜負違逆父母的安排和期望。小學順利通過資優生甄試，爾後進入校風開放的學校就讀，並展現藝術創作方面的才情，積極參加各類競賽並屢獲佳績。同時，雙親為了開拓李白的視野，增廣他的見聞，亦不時帶他到世界各地旅行，宛如天子驕子的優渥環境，無形中造就了李白不可一世的孤傲性格。

因此除卻世交王琳，李白在學校沒有任何知音，即便勉強稱得上朋友，也不外是明爭暗鬥的對手。這樣的李白，眉宇之間不免有隱隱的落寞，以致窺見同學自窗外呼嘯而過，李白每每將雙手掛在窗台，冷冷望著大家揮汗如雨的跑到操場打球，也不願加入他們野蠻的爭奪遊戲。在李白眼中，僅僅，為了搶一顆微不足道的球，在大太陽底下拼得你死我活，簡直愚蠢至極。那麼，就算偶有幾個不識趣的學弟邀李白較量，想見識李白的球技是不是如課業一樣表現出色。遇上這類打探，傲慢的李白盡皆微笑婉拒，推說身體自幼病弱，醫生交代不能過度激烈運動。當拒絕變成常態，大家對高傲的李白，自然敬而遠之。

演變至今，李白在同學甚至師長眼底，就成了徹底孤芳自賞的人。不過特立獨行的李白反倒如魚得水，樂於享受這份眾人皆醉，我獨醒得清靜自在，更愛待在由他和王琳一手創立的文藝社，課餘創作自娛。前些時日，若非為了校刊籌募基金，尋求王琳父親王成的協助，絕不會在王氏科技撞見那尊飛天機器人，讓李白素來冷靜的腦子，莫名的轟轟作響起來。這陣子，每當李白腦中發出劇烈的聲響，一旦畫起飛天機器人，那縈繞在腦海的可怕聲息，就會隨著李白靈動的筆觸，慢慢消褪無痕。彷彿透過畫筆，透過一幅幅畫的完成，李白可以將積壓於胸口數之不盡的飛天機器人給釋放出來，每畫出一尊，內心的沉重，便會跟著減輕。

今晚王琳的父親王成難得有機會和家人共餐，不免對女兒王琳關切了幾句，詢問起由李白負責的校刊何時發行，要王琳別忘了給金主一本。王琳聽父親王成提及李白，便也打探起飛天機器人的來歷，想知道是誰設計出這樣的龐然大物，讓李白見過之後，猶如中蠱般，一夕間，改變了心性。

王成啜飲了半杯葡萄酒，輕咳兩聲得意表示，這飛天機器人的軟體設計出自於公司的專案設計師楊立冬之手，但外觀由誰創意，就不得而知了。只聞設計靈感來自楊立冬的朋友，後來那位友人遠行，加上時間久遠又疏於聯絡，即便想打探下落，也不易了。女兒啊，妳不是見過楊立冬嗎？他就是到文藝社找妳的那位楊叔叔啊。

聽父親王成一提，王琳的眼前傾刻浮現楊立冬的身影。個子高挑，西裝畢挺的，體型樣貌活脫是言情小說裡走出來的男主角。從外觀來看，楊立冬毫無軟體設計師宅男的刻板印象，難怪當他踏進文藝社，隨即引起不小的騷動，幾個才加入社團的學妹紛紛放下手中的編務，直盯著楊立冬不放，這一切看在自視甚高的李白眼底，自是五味雜陳。可楊立冬對文藝社的一切人事，學弟妹的仰慕驚呼，李白的傲慢冷淡，盡皆視若無睹，唯獨對李白隨手攤在桌上，筆記內那一尊尊紅眼飛天機器人，有了電擊般的感應。

王琳憶起楊立冬翻看李白筆記時，那觸目驚心的表情，彷彿是讓誰狠狠打了一記悶棍，即便痛得頭皮發麻、眼冒金星，也不敢出聲喊疼，怕一旦被察覺，項上人頭就要跟著應聲落地。於是才幾秒，楊立冬的紳士風範全然消失殆盡，剩下的只有滿眼的惶惑，那頰上，逢人便蕩出笑意的梨窩，剎時變成無底的深淵。可楊立冬畢竟是見過識面的人，曉得不該在老闆女兒王琳的眼下太過失態，況且周遭全是學生，又置身校園，更需維持應有的禮儀，以免學生口風不緊，隨處散播什麼。

之後，楊立冬整了整因過度驚慌顯得有些凌亂的頭髮，故作鎮靜的坐了會也隨口探問起王琳，筆記裡的飛天機器人是誰的傑作。李白沒等王琳開口，搶先答道，是我畫的。那時楊立冬聽了，一雙俊眼凝視著李白，久久沒有回話，爾後隨意找個理由，便匆匆離去了，那訝異的目光，似乎有意閃躲李白的追問。

時間轉眼即逝，李白主導的文藝社推出的校刊不只順利發行，由於內容編排創意新穎，並受到校方的重視與獎勵，總編輯李白和編輯特助王琳剎時成為學校的風雲人物。正當李白沉浸在校刊出版的喜悅中，母親蘇慈回國的消息卻讓他愉悅的心，隨即跌入谷底，念著母親倘若知道他將全付精神浪費在她視為糞土的創作上，利用她出國考察期間，不但在校創立了文藝社，還在王琳父親王成的金援下發行校刊，把她千辛萬苦為他從國外聘請的鋼琴老師給辭退，不知會如何的震怒，震怒之後也在他面前傷心欲絕，恍若她對他自小付出的苦心與栽培，盡皆附諸流水。

這麼一來，好友王琳和她的父親王成必將受到牽連，讓母親蘇慈越加認定他們的作法，有意干涉她教養的權利。李白想起過往，只要有誰出言質疑母親蘇慈，就算是父親李影，一樣受到母親的責難，遑論是外人了。所幸整型醫院近幾年業務，拜母親蘇慈醫術高超，異常得繁忙，使得母親分神，無法全心教養李白，意外讓李白獲得了喘息的機會。

母親蘇慈返國那天，李白參加學校文藝社的慶功宴，並未隨同父親李影去接機，回到家已是午夜，李白只見母親坐在客廳若有所思，桌上彷彿放著什麼東西，在燈火映照下閃著微弱的光芒，等李白走近細瞧，不覺一驚。此刻放在母親面前的，居然是李白那本畫滿紅眼飛天機器人的筆記，反常的是，母親並未向他探問到底，僅是囑咐他早點休息，便起身離開，甚至對他辭退鋼琴老師的事都不予追究。往後的日子，母親就像換了一個人似的，從嚴苛高傲變得溫柔良善，非但不要求李白凡事順從，還對父親李影出奇的體貼。這巨大的轉變，連好友王琳都察覺了。

在王琳的眼裡，變得如此溫柔的蘇慈，像極了一個人，倘若廚師姐姐林可還活著，那場意外從未發生，李白絕不會是今天的模樣。王琳想起六歲那年，剛進幼稚園的李白，膽小又自閉，遇上調皮的同學欺負他，老喜歡躲進幼稚園的餐廳。每次都是那個聲音甜甜的廚師姐姐林可找到李白，特別為他做可口的蛋糕，耐心的陪著他畫畫。林可常常笑著告訴李白，只要你勇敢起來，像我的飛天機器人一樣威武厲害，遇到危難時，便展翅飛向天空，把壞人遠遠甩開，所有的煩惱恐懼，就會被拋到九霄雲外。後來李白當真信了林可的話，只要傷心害怕，就會提筆在紙上畫飛天機器人，並且開心地把這個找到勇氣的祕密，偷偷告訴王琳，他在幼稚園裡，唯一的朋友。

可當年李白筆下的飛天機器人，起初從未有過一雙紅的噴火的眼睛。王琳記得，那時林可總是瞞著大家，在餐廳充滿油漬的桌上，輕輕握著李白小小粉嫩的手，一筆一劃地教他在雪白的紙上，描繪出飛天機器人黑亮的雙瞳，也不忘笑著對李白透露，飛天機器人像極了她喜歡的人。至於林可傾慕的對象，幼稚園則沒有誰見過，頂多聽到林可在午休時，對著話筒說個不停，時而溫柔地微笑，時而憂傷的聆聽，恍若那不知是誰打來的電話，足以左右她的悲歡。

那年六歲的李白，與林可深刻的友誼，不久被幼稚園同學王琳發現，為了不讓王琳說出去，讓班上調皮的男生發現李白擁有勇氣的祕密，往後的午休，李白都會悄悄帶著王琳到餐廳，愉悅的享用林可特別為他們做的甜點。因為這樣，在某個悶熱異常的午後，他們才會藏在餐廳角落，窺見那個臉上戴著口罩，只露出一雙黑亮眼睛的男人，不知為了什麼，正與林可劇烈地爭吵，也一把將體型纖細的林可用力推開，臨走前，更不忘轉身對著泣不成聲的林可大吼，「妳瘋了嗎?竟敢這樣做，妳不怕事情鬧大，無法收拾!」語音未落，砰的一聲，甩開餐廳的門，隨即不見蹤影。自那件事以後，王琳發現林可對李白溫柔的笑容，恍惚閃現一絲哀愁，李白筆下所畫的飛天機器人，那雙烏黑的雙瞳逐漸變得燄紅似火，充滿憤怒的目光，這使王琳恐懼的眼神，恍如那天午後，在餐廳戴著口罩，只露出一雙眸子的男人。

直到可怕的意外發生，王琳才由父親王成那兒得知，午休時警衛請假外出，李白竟慘遭混進幼稚園的蒙面歹徒綁票，園內的女廚師林可為營救李白，不惜和對方搏鬥，身中數刀渾身是血，正趕往醫院急救。另方面，驚嚇過度的李白已被父親李影接回家嚴密保護。隔日電視新聞報導，據偵辦男童綁票案的刑警表示，事發現場除了一把沾滿血跡的兇刀，還在女廚師的袋子裡，搜出一尊飛天機器人模型。機器人上殘存的指紋，除了女廚師外，還有幾枚不知名的紋痕。當年轟動一時的綁票案，不但引起社會關注，還讓受害男童李白在父母強勢保護下，離開就讀的幼稚園，住進國外兒童心靈創傷中心，整整醫治了兩年，李白才慢慢痊癒，夜裡不再失聲痛哭得驚醒，整天整夜地畫著那尊面目猙獰的紅眼飛天機器人，嚷著要找幼稚園的廚師姐姐林可。事過境遷多年，當年綁票案的歹徒，警方始終沒有抓到，而身受重傷的林可老早含恨九泉，更可悲的是林可捨身相救的李白，全然忘了林可的存在。儘管王琳對這件可怕的往事，銘記於心，卻不敢在李白面前提及，深怕李白會因此舊疾復發，再也不能安穩生活。

母親蘇慈的溫柔，在外人眼中是突發地轉變，但對李白的父親李影來說，卻是不得不的妥協。自從李影在兒子李白的房裡無意中發現那本畫滿紅眼飛天機器人的筆記，內心裡沉寂許久的恐懼，再度盤旋。驚慌之餘，馬上通知赴美考察的妻子蘇慈儘快返國，擔憂當年下落成謎的綁票犯，又出現在李白眼前。近日李白腦中不時爆發的劇烈聲響，日益加劇，終於引起母親蘇慈的注意。李白告訴母親，初始出現在腦海裡的聲響很微弱，幾乎聽不見任何回音，可隨著他忘情地畫出紅眼飛天機器人，那迴盪於腦海裡微小的訊息，越來越大也越大越響，有時響到就要把整顆腦子炸了開來。李白問母親，以前的他究竟發生過什麼，為何最近老是可以聽見有人在他耳邊嘶吼，那悲切得哀嚎，像是受到極大的驚嚇，而不斷發出慘叫聲的是個小男孩，夾雜在小男孩呼喊裡，還有一對男女劇烈地爭執，以及東西摔破、桌椅傾倒的撞擊，怎麼會這樣，每次李白張開耳朵，想聽清楚他們究竟說些什麼，瞬間縈繞在李白耳際的聲音，隨即消失。

這夜受到蘇慈邀請的王琳，隨同父親王成到李家作客。餐桌上，蘇慈礙於王成在場，並未對王琳詢問起李白的事。只是隨口提及王氏科技近日可有主題展覽，有意帶李白前去參觀，順便為新開的整型醫院進些高科技的機器，或者對業務的推展更有幫助。王成聽蘇慈對公司旗下的產品感興趣，自是十分高興，酒過三巡，便力邀蘇慈參與王氏科技下星期在公司舉辦的主題發表，期間會邀請軟體設計師楊立冬詳細介紹這次研發的產品，希望能令蘇慈滿意。王琳聽到父親對蘇慈的邀約，心底不免一驚，想著蘇慈要是見到王氏科技的飛天機器人，臉上的表情不知會如何。席間，李白見王琳心有旁騖，遂問，怎麼了，整晚都沒見妳動筷子，難不成是管家的廚藝不好，入不了妳的口，妳不肯賞光。李白明裡嘲弄著王琳，背地探出王琳的心不在焉，同王氏科技的飛天機器人必然有關。此番前去參展，即是李白向母親蘇慈提議，無非想透過這次機緣，再次見到楊立冬，直覺告訴李白，或許從這人身上，可以解開他腦海傳來各種聲響之謎。

遷入新居以後，楊立冬站在鏡子前，撫著鏡中俊俏的臉顏，對著鏡內的自己，露出一抹迷人的微笑，對於幾天後的王氏科技發表會有著十足的自信，滿心念著就要登上人生的高峰，往後再也沒有誰敢嘲弄他，質疑他的能力，他的容貌，他的出身，只會為他帶來恥辱與不幸。今天，所有觸手可及的成就，全是他甘冒風險，費盡心神贏來的。楊立冬得意地揣想著，再次無限憐愛地凝著鏡中俊俏的自己，也探看書桌上一張泛黃的照片，照片裡有個眼神晶亮的小男孩，正望著遠方羞澀地笑著，手裡緊緊抱著玩具，一尊灰撲撲的飛天機器人。

十歲那年，楊立冬還不喚楊立冬，他叫陳遠。一個叛逆又孤僻的男孩，因父母車禍雙亡，不得不住進育幼院。在陳遠乏善可陳的行囊中，除了父親生前送他的那尊飛天機器人，什麼值錢的東西也沒有，即連母親陪嫁過來的房產和父親多年的積蓄，都被貪婪的親戚見他年幼可欺給瓜分光了。等喪禮結束，大家一哄而散，誰也不肯收養陳遠，索幸把這孤苦無依的孩子扔給育幼院，算是對他死去的雙親起碼有個交代，好歹是親戚，總不能做得太絕。兒時親眼目睹父母突然撒手人寰、親友的無情冷漠，讓陳遠幼小的心靈受到莫大的創傷，使得剛到育幼院的他，無論誰關心照顧他，竟覺得人家別有所圖。因此當時年幼的陳遠，寧可深夜摟著父親生前送給他的飛天機器人，吐露內心的無助委屈，也不肯與院裡其他孩子為友，覺得他跟那些自幼被父母遺棄的院童不同，他是受到命運的擺弄，才會淪落到育幼院棲身，雙親始終是疼愛他的，若非那場意外奪去他們的性命，也不會毀了他的幸福。源於高人一等的心態作祟，陳遠在育幼院顯得孤僻又叛逆，除了院長領養的孫女林可，沒有誰願意與他親近。體貼的林可對冷傲的陳遠，總是特別溫柔，當陳遠被院童孤立時，常常對他伸出援手也不求回報。日子一久，陳遠再冷漠的心，也讓林可的溫暖給融化了。兩個一樣是幼年失怙的孩子，同病相憐後，自然結成莫逆，彷彿這世上，林可如同陳遠的飛天機器人，是他永遠珍惜的寶貝，面對生活挫折，勇氣的依憑。多年以後，若非那場突發的意外，林可都將是陳遠願意以一生守護的人，陳遠送給林可的飛天機器人，終將是他們永恆愛情的信物。

第二天來公司，不知怎地，楊立冬覺得胸口抑鬱已極，猶似千斤頂壓在心頭，無法喘息，以往只要胸悶，就有倒楣的事發生。果然不久，老闆請祕書通知楊立冬，這回科展要請他為貴賓做研發軟體簡報，聽祕書說，老闆邀請的貴賓可是整型界的名醫，不少社會名流、大明星都是她醫院的常客，公司裡幾個愛美的高階主管，那一張張精致無暇的臉孔，全出自於她的妙手回春。

楊立冬聽了，雙手不覺微微顫抖，佯裝鎮定詢問傳話的祕書，你有聽說是哪位名醫要來嗎？只聞祕書對著楊立冬雀躍地說，當然有，就是整型界的女神醫蘇慈啊，她可厲害了，不只人長得漂亮，手上那把俐落的手術刀更是出神入化，不知造福了多少曠男怨女，改變了他們悲慘的人生。一會，走出辦公室的楊立冬，聽見他的心突地狂跳不已，腦海不由浮現起蘇慈穿著醫師袍，戴著手術用口罩，眼神專注的，正為他童年車禍受傷破碎的臉顏，一針又一針，仔細地縫合填平，將他黑亮的眼睛，瞬間切割成俊美的雙瞳，童年車禍殘留於頰邊的傷疤，漸次修飾為迷人的梨窩。也不知多久了，楊立冬在內心深處，依舊忘不了蘇慈那雙清澈的眼眸，是如何在他傷後住院，又在報上得知林可驟逝，萬念俱灰時，也不斷安慰鼓舞著他，讓他自此有了活下去的勇氣。那時楊立冬一度以為，他在蘇慈的呵護照料下，孤絕的生命可以開出希望的花朵，直到他發現她的關愛，純粹是醫生對於受創病患的責任，察覺他期待的愛戀，不過是一場庸人自擾的夢罷了。已婚生子的蘇慈，今生今世都不可能成為楊立冬的什麼，更何況，蘇慈還是那個孩子的母親。

楊立冬念著，這埋藏於心底疼痛的記憶，何時就要被掀開，毀掉他辛苦打下的一片江山。可都這麼久了，醫院裡的病患，來來去去，也許蘇慈根本不記得他，只要開展當天，冷靜以對，或者什麼事都沒有。如此一想，楊立冬驚惶的心，慢慢平靜下來，打開電腦，隨手回了封短訊給老闆，大意說明，展覽當天將會全力以赴，絕對令貴賓滿意。

那天離開學校，王琳一路跟蹤李白，看著李白避開眾人，刻意繞道至捷運附近，跨上停在巷口的腳踏車，往兒時就讀的幼稚園方向騎去，為了趕在李白之前抵達，王琳急忙招了輛計程車，搶先一步來到那兒。不久躲在暗處的王琳，看見李白在幼稚園門口東張西望，從後門的圍牆翻了進去，王琳如法炮製，追著李白來到往日幼稚園的餐廳，只見周遭雜草叢生，一片荒蕪，僅有兩三隻流浪貓在草叢中鑽進鑽出，似乎在追逐獵物。望著眼前廢墟的李白，不知不覺跟著貓兒們走進草叢，直到聽見王琳跟蹤的腳步聲，突地激動地抓著王琳說，我想起來了，我什麼都想起來了，我見過那個楊立冬，就在這兒，就在我們幼稚園的餐廳，楊立冬命令廚師姐姐把我綁在椅子上，叫我不許哭，不許叫，不許吵，不許發出任何一點聲響，如果我敢不聽他的話，他就要把我殺了。我聽見他打電話給爸爸，要爸爸立刻準備一千萬來贖我，否則就等著替我收屍。雖然綁架我時，他戴著口罩，遮住一半的臉，可我到死都認得他那雙黑亮憤怒的眼睛，好像就要在我面前噴出火來，一口把我吞噬。是他，就是他，就是他害死廚師姐姐的。

聽到李白的話，王琳嚇壞了，無法置信李白居然想起發生在童年時可怕的意外。等到李白冷靜下來，遂出聲探問，事發當天李白究竟看到了什麼，那個綁架他的男人跟廚師姐姐林可到底有沒有牽扯，是朋友，是戀人，或者什麼都不是。由於當年的綁架案年代久遠，事發現場已成雜草叢生的廢墟，嫌疑犯多年行蹤飄渺，當初留下的線索老早蕩然無存，如今要追究，恐怕不易。畢竟，當年被綁票的李白僅是稚齡的孩童，只憑他殘存的記憶，幾句喪失心神的話，絕無法指控楊立冬，就是那時失蹤的逃犯。

那晚蘇慈見李白返家時面色凝重，直覺事有蹊蹺，又不好多問，她深知李白的性格，除非他想吐露，否則逼問也是枉然，倒不如暗中觀望，來得恰當，窺探久了，自會水落石出，一如當年丈夫李影迷戀上幼稚園美麗的廚師林可，老是趁著蘇慈出國醫療考察，藉機去接李白也繞到餐廳跟林可約會，才讓人有機可趁把李白綁票，平白送了罪犯千萬元的贖金，還險些賠上李白的性命。蘇慈真不懂一個從小在育幼院長大的女廚師，究竟有何魅力能夠迷住丈夫。

綁架案不久，女廚師林可因傷重失血過多，死在加護病房那天，蘇慈清楚地記得丈夫李影喝得酩酊大醉，把自己關在書房裡誰也不見，任憑兒子李白讓惡夢驚嚇到號哭不已，李影依然充耳不聞，彷彿神魂全隨林可而去。蘇慈將一切看在眼裡，刻在心房，只等著事過境遷，李影跟她坦承犯下的過錯，承認他只是鬼迷心竅，上了林可的當，才讓李白受到牽連脅迫，認清所謂遲來的真愛，不過是場殮財的圈套。如今人死都死了，李影該從癡心妄想的美夢中覺醒，對之前犯的過錯，向妻兒誠懇地道歉。可這麼多年過去，李影從未對蘇慈承認過什麼，有時連蘇慈都要以為一切，或許真像李影所言，全是她憑空的幻想。

今夜放下王氏科技的邀請函，蘇慈不知為何想起綁架案當天發生的經過，腦海中閃現丈夫李影接到歹徒的恐嚇電話，立刻提著裝有一千萬現鈔的背包，隨即跳上家裡那台白色賓士跑車也飛快啟動引擎趕往幼稚園的畫面，李影那不安慌亂的神色，唯恐去遲了，李白就要死在歹徒的手裡。

那年的李影可能作夢也沒料到，在他前往幼稚園的同時，妻子蘇慈竟會悄悄開車尾隨其後，在毫無預警下，聽見他和林可激烈的拉扯爭執，聽到兒子李白不斷失聲驚叫，爸爸，爸爸，不是她，不是她的錯，是那個男人，是他命令她這麼做的，爸爸，爸爸，放開她，快放開她啊。然後，躲在餐廳門外的蘇慈，只聽見門內女人慘烈得哀號，還有另一個男人突然闖入餐廳，痛徹心扉的聲音，緊接著，就看見丈夫李影抱著渾身是血的兒子衝了出來，頭也不回地跑了。當時蘇慈因牽掛兒子李白的安危，顧不得餐廳內究竟發生什麼，趕在警方查案之前，火速離開了事發現場。回到家以後，蘇慈發現方才在幼稚園餐廳驚恐已極的李白早已熟睡，李白身上那件沾滿血跡的衣服，不知被丈夫李影扔往何處。家中書房的燈沒開，可蘇慈知道李影就在裡面，從透明玻璃牆，蘇慈隱約看見李影正抽著煙，身體不停地顫抖也焦慮的在陽台邊走來走去，猶如烈燄旁的螞蟻，稍不留神，便要讓火給吞噬。

展覽那天，走進王氏科技，蘇慈被矗立於大廳的那尊飛天機器人驚呆了，不敢相信消失了十多年的夢魘，兒子李白筆下那雙紅燄似火的眼睛，再次在她面前重現。一會，王成領著些許不安的蘇慈參觀王氏科技的研發中心，聆聽此次負責軟體設計的楊立冬簡報。只見舉止瀟灑自信的楊立冬站在台前，口若懸河地介紹著公司最新一季的產品，細細解析軟體各項功能，對於企業體未來的展望，蘇慈用心聆聽之餘，不覺被這位才華洋溢的男人吸引，儘覺得楊立冬似曾相識。

簡報進行到一半，會議室的門猛然打開，是李白和王琳連袂從學校趕了過來。楊立冬見到李白，手上的簡報突地散落遍地，那雙黑亮的眸子，微微閃現一絲恐懼，這剎間的倉皇，讓李白更加確信楊立冬，極可能就是當年唆使林可綁架他的共犯。儘管楊立冬的容貌與李白記憶中的逃犯差異甚大，可那雙黑得發亮的眼睛，李白至死都不會忘記，忘不了楊立冬是如何奪去了他的廚師姐姐林可，害得林可為了楊立冬，不惜欺瞞當年稚齡的他，和父親李影的感情，背叛了他們對她的信任。原來，林可對李白的鼓勵與寵溺不過是一場騙局，說什麼只要李白像飛天機器人振翅高飛，就能擁有無比的勇氣和自由。那些鼓舞小小李白的話語，全是加了蜜糖的謊言，哄騙無助孩子的把戲。可倘若林可真是這樣，當年在幼稚園餐廳又何必冒著生命危險，苦苦哀求楊立冬放過李白呢，還有當父親李影拿著刀架住林可的脖子時，林可為何滿眼是淚，卻毫不掙脫，直到楊立冬破門闖進餐廳，指著林可的鼻頭痛斥，妳是不是瘋了，竟跟這絕情的醫生假戲真做，妳看看現在，他為了他的寶貝兒子，居然要妳的命。

後來被矇住眼睛的李白，只聽見林可哭著求楊立冬就此放手，帶著一千萬贖金趕緊離開，綁票的罪行都由她來承擔，也聽見父親李影發瘋似地罵著林可，都是妳這個賤女人設下的圈套，非但把我搞得身敗名裂，還要連累我兒子一起受罪，要是今天孩子有個三長兩短，妳也休想活著走出這個大門。然後，四周不時傳來東西被砸碎翻倒的混亂聲響，李白只聽見挾持林可的父親李影，不斷朝楊立冬威喝，命他立刻將兒子李白鬆綁，才會饒了林可這條賤命。令李白困惑的是，他的記憶每每到這兒就斷裂了，任憑怎麼想，都想不起在幼稚園餐廳後來還發生了什麼？他怎麼會眼睛一張開，就躺在家裡的房間。當時年紀真的太小了，所有的記憶都顯得恍恍惚惚，即便兒時曾多次詢問父親李影，廚師姐姐林可的下落，都得不到令李白滿意的答案。李影總是言詞閃爍地說著，新聞媒體的統一報導，林可是為了救被綁的李白，不惜與闖入餐廳的歹徒搏鬥，最後身中數刀，傷重不治而亡。可李白內心清楚，持刀威脅林可的明明是父親李影，絕非媒體所指的在逃嫌犯，如今近在呎尺的楊立冬啊。

簡報結束，送走蘇慈和李白母子，楊立冬總算鬆了一口氣，覺得他再次受到上天的眷顧，像過去險些斷送他前程的綁票案，不也是在林可的犧牲下安然渡過。那日若非林可拼了命地攔住李影，他絕不可能輕易翻牆，從幼稚園的後門逃出，拿著一千萬的贖金整型易容遠走高飛，躲到國外重新開創人生。那年林可究竟為何身中數刀倒在血泊之中，報紙媒體又怎會一口咬定他就是殺死林可的疑兇，那麼真正將林可推往地獄的人究竟是誰，這個掩藏在楊立冬心間多年的困惑，自始糾纏著他。

午夜書房的燈猶亮著，李影坐在原木書桌前，輕輕打開緊鎖的抽屜，取出掩藏多年的飛天機器人模型。那是李影在林可死後，透過警局的朋友暗中取回的證物，上頭除了林可和陳遠的指紋外，還深埋著兒子李白童年可怕的陰影。綁票案發生的那一天，林可見大勢已去，到最後竟然放走男友陳遠，不惜當著年幼李白的面，奪走李影手中的利刃，毫不遲疑地往她的胸口刺去，一刀又一刀，一次比一次，凶狠慘烈，也哀傷地望著李白童稚的臉顏，用她沾滿鮮血的手，緊緊拉著李白粉嫩的掌心，溫柔地微笑，姐姐沒有騙你，從來就沒有，請你一定要相信我，相信我的飛天機器人，真會帶給你希望和勇氣。

當年被這景象驚嚇到說不出話來的李白，小小的掌心全是林可鮮紅如注的血。那時李影見到兒子李白如此驚懼，急忙掙脫命在旦昔的林可，一把抱住渾身是血的李白，飛快衝出幼稚園，開車揚長離去，僅留下餐廳的林可獨自躺在血泊中，靜候警方的發落。

此刻，李影手中握著林可留在這世上，唯一的遺物，望著飛天機器人那雙紅燄似火的眼睛，想著這一切，究竟是命運的操弄，還是林可的自食惡果，他究竟要到何時才能把事實的真相告訴兒子李白，或者終其一生，為了李白的將來，都要為李白守住這個殘忍的祕密。

臉上的祕密

叮咚，有訊息傳進來。阿凱忙著招呼客人，根本沒空看，這等了好久的私訊，說不定是甜甜發的。如果是，那甜甜肯定被阿凱吸引，或者該說，對阿凱在臉書上提及的祕密感到好奇。

「廢話，不用想，也知道偵探社的社花甜甜，對你瞎掰的什麼鬼祕密有興趣，難不成你以為她真的暗戀你哦。」下午到超商換班的小偉邊整理貨架上的餅乾泡麵，邊對阿凱調侃地說。

被小偉當頭棒喝的阿凱，站在咖啡機旁，看著煮沸的咖啡，一顆心，剎時感到不安起來。是啊，若是甜甜相信他鬼扯的祕密，要跟他一起解開謎團，那可怎麼辦才好。這樣一想，手機竟真得傳來甜甜的私訊。

「你說的祕密，我有耳聞。若你方便，我晚點會去超商找你。」

「哦，還有，晚上我會一直陪著你，直到祕密解開。」

「天啊，甜甜居然真的要來超商找我。」

得知消息的阿凱先急的跟同事換班，以迎接社花甜甜的大駕光臨，後又擔心萬一甜甜來了，發現根本是他為了追她，設下的騙局，該不會當場發飆，也甩他兩個耳光吧。如今木已成舟，為解決目前的窘境，這個鬼扯的祕密，經小偉的建議，只能繼續「演」下去。

臨近黃昏，有個戴墨鏡的時髦女生走進超商，因為看不清長相，阿凱無法確定她是不是甜甜。只見時髦女生在超商四處走動，提了只藍子左挑右選的，拿了泡麵、沙拉、起士、吐司和兩大瓶低脂牛奶，便走到阿凱的面前，以悠遊卡迅速結賬，絲毫沒有同阿凱攀談的意思。

直到時髦女生走出黃昏的超商，原本心跳加速的阿凱，總算鬆了口氣。那時店長探出阿凱心慌意亂，便多問了幾句：「你在等誰啊？瞧你失魂落魄的樣子，女朋友？還是討債鬼？我老人家奉勸你啊，最好少談網戀，連面都沒見過，光憑幾張不知哪弄來的美照，你就相信對方真得美若天仙啊。」

店長這話雖然惡毒，倒是一針見血，甜甜在臉書上的照片，儘管清麗動人，自稱是大學偵探社的社長，但，畢竟不是同校的學生，要是甜甜想騙阿凱也不無可能，弄不好甜甜真如店長說的是個變態男，或是粗野的恐龍女呢。

阿凱越想，一顆心，跟著越加躁動，不一會兒，又有年輕女子接二連三的走了進來。阿凱那雙游移的眼睛不時窺探她們的舉動，可盯了半天，仍不見社花甜甜的蹤跡。為此阿凱不免感到失望，幾乎要認定甜甜玩弄他的感情。雖說甜甜和阿凱之間，不過是通了幾回私訊的臉友，壓根連面都沒見過。

就當阿凱快要放棄，臉書叮咚又傳來甜甜的私訊，上面寫著：「我早來了，只是沒讓你發現，因為想儘快得知祕密，絕不能讓任何人察覺我的行蹤，自然包括你。」

看到這裡，阿凱禁不住往超商四處觀望，店內除了正在用餐的客人外，還有因窗外冷雨不斷湧進來買熱飲取暖的男女，這會若甜甜有意夾雜其間，避開阿凱的視線，確實輕而易舉。

只是阿凱哪有什麼臉書上的祕密，那不過是和小偉某日為了打發時間隨口瞎編出來的鬼話。小偉說，瞧臉書上甜甜冰雪聰明的模樣，怎麼會對這個近乎無厘頭的故事產生興趣，甚至煞有其事地相約阿凱查出祕密揭發真相。

可甜甜就是認了真，相信阿凱在臉書上寫的，每到月圓那天，超商一到午夜，便會有人蒙著臉，穿著雪白的衣服走進店裡，坐在朝馬路靠窗的位子，點過一杯咖啡之後，便低頭在筆記上塗塗寫寫。密密麻麻地不知寫些什麼，直到雞鳴天亮，去收拾的人，才發現那竟然是一本沾滿血跡的日記。而寫日記的蒙面人呢，卻不知何時消失。後來只要月圓夜，值班的店員總會看到在朦朧的月影中，有人坐在超商靠窗的位置，靜靜喝著咖啡，也不斷寫著那本隔日沾滿血跡的日記，沒有誰知道那人從何處來，又往何處去。

今晚適逢月圓夜，甜甜才想協同阿凱查出蒙面人的下落。阿凱想，都怪他在臉書上看到甜甜清麗的照片，一時心神蕩漾，為了追求甜甜，才會憑空捏造出如此離譜的傳說。如今阿凱當真騎虎難下，只能耐著性子靜候甜甜出現，跟甜甜坦言世上根本沒有這樣的冤屈、這樣的奇情、這樣月圓午夜才出現在超商的蒙面人，這樣一本沾滿血跡的祕密日記。所有的祕密都是假的，都是阿凱憑空捏造出來追求甜甜的幌子。

但令阿凱錯愕的是，甜甜在今天午夜月圓時分，居然在臉書上，放了一張蒙面人坐在窗口低頭喝咖啡寫日記的照片。嚇得阿凱臉色慘白的拿給一起值班的小偉看，兩人也不約而同往店內靠窗的位置查探。可什麼也沒有啊。

這時阿凱的手機突地響了，發現甜甜又在他的臉書留言：「蒙面人胸口抱著日記，正緩緩朝你們走去。手上似乎還沾滿血，你們都看見了嗎？。」

「不會吧，怎麼可能會有蒙面人，他明明是我們吹噓出來的角色，怎麼可能會出現在現實生活裡，絕對是那個甜甜看穿我們的把戲，故意裝神弄鬼想整我們。阿凱，不要怕，我就不信真有鬼。」小偉說完，便往午夜的超商搜尋去了，獨留下心驚肉跳的阿凱，面對冷颼颼的寒夜。

臉書仍不時傳來甜甜的私訊，警告阿凱，蒙面人就在阿凱的周遭了，正拿出沾滿血跡的日記，要阿凱驗證一下，是不是阿凱口中那本。末了，甜甜甚至語出恐嚇：「你是不是曾經跟小偉共乘一輛機車，在月圓的午夜，騎往鬧鬼的隧道試膽，也在出隧道的剎那，撞到一個人。當時你們因為害怕，居然開車逃逸，放著那個被撞得渾身是血的人，孤零零地躺在隧道，告訴我，快告訴我，你們到底有沒有啊。」

看著甜甜在臉書上的質問，阿凱臉色驟變，幾乎要說不出話來，這藏在心中多年的祕密，除了共犯小偉，沒人曉得。真是見鬼了，素未謀面的甜甜，怎麼會知道，難不成是被撞那人告的密。

「阿凱，他已經在你面前了，已經將那本沾滿血跡的日記，放在你的收銀台上，你都看見了嗎？」甜甜藉由臉書傳給阿凱的私訊，正一點一滴吞噬阿凱的心，迷惑阿凱的神智。當阿凱將受驚的目光轉向收銀台時，機器猶似緩緩滲出血來，阿凱恍若看到一本寫滿他們罪狀的日記，正不斷哀求著：「為什麼？

那夜，你們為什麼要逃走，為什麼不停下來救救我。我好疼啊，我的身體，一直一直噴出血來。」

「阿凱，你還好吧，我剛去店裡，繞了一大圈。店內除了我們，就只有躺在門邊睡覺的流浪狗大白。大白總不會是甜甜吧。我看，你八成被整了啦。來，我去泡碗麵，熱呼呼的，食物一下肚，你就不會胡思亂想。」小偉拿了根鐵棍，打算去店裡店外，搜查一遍，不信鬼神的他，倒要瞧瞧是鬼厲害，還是他手中的鐵棍管用。

「小偉，甜甜知道我們撞人的事，她在臉書上說，是那個蒙面人告訴她的，蒙面人還問我們當初為何見死不救。」阿凱因為恐懼心虛，決定聽甜甜的話，天亮以後到警局自首。

「我說你是不是腦子壞了啊，蒙面人明明是我們掰出來的，用來引甜甜上勾的鬼話。你怎麼能當真呢，況且撞人的事，都過那麼久了，你現在跑去自首，害了你不打緊，憑什麼還要托我下水。」小偉氣地甩開阿凱恍若隱隱沾滿血的手，憤憤不平地說。

可阿凱已被眼前的詭異景象嚇壞，再加上挨不過良心譴責，他隨即傳了私訊到甜甜的臉書：「我明天就去自首，我會勸小偉一起去，幫我告訴蒙面人……」

沒等阿凱把私訊寫完，小偉手中的鐵棍已經砸在阿凱的臉上，只見阿凱瞬間整張臉噴出血來。這時小偉沒發現，在阿凱的手機裡，臉書即時傳來一則訊息：「經過一整夜的追查，臉書上的祕密，總算解開了。辛苦你了，阿凱。偵探社的社長甜甜留。」

鬼故事

小喬走進教室，發現學生都趴在桌上睡覺，窗外烏雲密布，雨，就要來了。果然午後鐘聲輕響，天空開始雷電交加，學校陷入一片灰暗。因為怕黑，才被雷聲驚醒的學生，憂心對著小喬叫嚷：「老師，老師，快把日光燈打開啦，免得有鬼冒出來，把我們抓走。」

說完之後，幾個膽小的，更嚇得抱在一起，好像教室真有什麼可怕的怪物埋伏。小喬聽了，立刻把全部的燈打開，傾刻灰暗的教室，變得光明萬丈。

「老師您上次答應我們，今天要講鬼故事，不但您要講，班上同學也要輪流說哦，誰都不許賴皮。」班長見小喬在黑板寫生字部首，要大家翻開國語課本預習，連忙自告奮勇舉手發言，唯恐小喬忘記之前的承諾。

小喬聽見班長的請求，「刷」的兩聲，飛快將窗簾闔上，一邊營造起鬼故事的恐怖氛圍，一邊不忘玩笑警告學生，等會，要是有鬼從故事裡跑出來，千萬不要尖叫，不要掙扎，只要坐在位子上，不要動，不要說話，不要拚命呼吸，鬼就不會找到你。學生聽了小喬的提醒，莫不驚恐的點頭，手牽著手，神色慌張的左顧右盼，深怕真有鬼瞞著故事，剎時出現在他們身邊。這時黯黑的窗外，猛然發出陣陣雷鳴，一道炫目的光芒，突地穿過教室厚重的簾幕，射進小喬的眉心，那微微的刺痛感，彷若來自幽冥世界。不久小喬經由學生推舉，終於專注的說起鬼故事。

從前，從前，有個叫敏敏的女孩十分貪玩調皮，常常到了深夜還不肯入睡，氣得她的爺爺想把敏敏丟進可怕的森林。那天深夜一如此刻的窗外，雨下得好大好大，雨水豐沛的就要從庭院蔓延到屋子。敏敏一直賴在床上翻來覆去，任憑爺爺怎麼催促，她都不想睡覺。直到爺爺氣急敗壞地大叫了兩聲，整間屋子突地陷入了地底，四周變得伸手不見五指，非但這樣，敏敏還發現她掉進幽冥世界，成了恐怖森林囚禁的小桃樹，手腳都化為樹的枝幹，向遼闊的天際，無限延伸。敏敏所能做的，只是迎著冷風不斷舞動枝幹上的枯葉，任微微顫顫的黃葉，在月光映照下，發出窸窸窣窣的聲息，彷如嘲弄她無法動彈的模樣。

「老師，那爺爺呢？跑哪去了？怎麼不趕快來救敏敏？」

當時敏敏的爺爺，哪也沒去，就坐在敏敏的旁邊，眼睜睜的看著敏敏變成小桃樹也苦不堪言。只是爺爺不再是爺爺，而是守護在小桃樹旁的一顆又大又硬的石頭，等著控制整座幽冥森林的桃樹精出現。原來爺爺以前是桃樹精的手下石頭怪，經過千年修鍊化為人形到凡間歷劫。此次若非敏敏觸怒了暗夜之神桃樹精，也不致害得爺爺失去千年道行，跟敏敏回到幽冥森林受苦。爾後，整整站了三天三夜，桃樹精都不曾現身，靈魂被禁錮於小桃樹的敏敏開始感到沮喪。就在敏敏打算放棄希望，徹底成為幽冥森林的一株小桃樹時，敏敏居然聽見遙遠的天邊，傳來母親呼喚的聲音，彷彿看見她躺在雪白的病床上，聽到跪在床邊的母親溫柔地撫著她，淚流不止的看著她冰冷的臉龐，一回又一回慈愛地輕喚：「敏敏，敏敏，醒醒，醒醒啊，不要睡，不要再睡啦，我的孩子，我親愛的寶貝，趕快從夢裡醒過來啊。」

「然後呢?老師。敏敏究竟有沒有醒過來?還是繼續留在幽冥森林?」聽鬼故事聽得入神的學生，紛紛望著小喬，十分憂心敏敏後來的命運。

躺在醫院昏迷不醒的敏敏，聽到母親溫柔的呼喊，總算醒了過來，想起那夜暴風雨，慈祥的爺爺一直哄她入睡，絲毫沒覺察後山十幾株桃樹就要夾雜著午夜的暴雨沖刷下來，一剎間大量的土石，便要沖進屋子，迅速將他們掩埋。

敏敏聽母親說，爺爺為了保護敏敏，拚命用瘦弱衰老的軀體，擋住漫天而降崩坍的土石，不惜犧牲了他的性命，都要營救敏敏脫離險境。從此以後，敏敏一旦照鏡子，總會看見變成石頭的爺爺，坐在遙遠的幽冥森林，微笑地望著她，而鏡中的敏敏呢，依舊是爺爺心中那株枝葉茂盛、嬌嫩無比的小桃樹。

小喬的鬼故事，悄悄地結束於午後的雷陣雨。整間教室的學生，彷如都變成小喬口中幽冥森林裡的小桃樹，屏氣凝神地靜候小喬指派一位同學，繼續為大家展開尋鬼的旅程。不一會，那個獨自坐在角落戴著眼鏡的男孩舉手了，也在眾目睽睽之下，自信地走上講台，說起年前從外婆那兒聽來的鬼故事。

男孩抿抿嘴，小聲地吐露，去年暑假到外婆家住，表哥帶他去玩水消暑。臨走前外婆認真地叮嚀男孩，等會到溪邊游泳千萬不能游到溪流的中央，一來那兒的水勢較急，很容易發生危險，二來男孩剛學會游泳，下水之後，最好不要逞強以免腿部抽筋。表哥聽見外婆不厭其煩地提醒男孩，怕延誤去游泳的時機，整條風景秀麗的春水溪就要讓隔壁村的大頭給佔了去，到時候不要說他們想要游泳，恐怕連靠近溪邊的機會都沒有。

但是令表哥感到詫異的是，一到素日遊客如織的春水溪，除了他和男孩，竟不見半個鬼影，眼前有的，只是溪水潺潺奔流的聲音。表哥擔心的大頭，並未強佔春水溪。誰知兩天後，清澈的春水溪中央，突地飄出一具浮屍，等到村民打撈上來，才發現居然是泳技絕佳的大頭。從那時起，表哥要帶男孩去春水溪游泳，就被外婆強烈攔阻。有回表哥偷偷帶男孩去溪邊玩水，沒料到被外婆逮個正著，回家以後，叛逆的表哥渾身讓外婆打得皮開肉綻，好些時日都無法下床走動。男孩覺得外婆出手太重，他們不過是去春水溪游泳，又不是到處偷雞摸狗，外婆犯不著這麼殘忍的虐打表哥嘛。

「孩子啊，之前你去春水溪游泳，我擔心你會害怕，不敢跟你說那條溪其實是我們村子裡近百年來出了名的鬼溪。每到夏天，溺死在溪裡的人，少說也有十個。據聞以前有日本軍隊路過春水溪，不幸碰上暴風雨，他們搭乘的小船，經不起溪水暴漲，連船帶隊，全部沉入溪底，又因為罹難的屍體，被溪中的魚蝦啃食殆盡，那支軍隊究竟死了幾個，迄今無人知曉。」

從那時起，村子就謠傳日軍領隊在滅頂之前，曾厲聲對天詛咒，每年都要拖人下水陪葬，才能平息他們客死異鄉之恨。恐怖的是，當真自那年起，日軍水鬼的詛咒，始終沒有斷過。所以上次男孩和表哥瞞著外婆偷偷跑去春水溪游泳，外婆才會這麼生氣，害怕他們會繼溺斃的大頭之後，成為日軍詛咒下的犧牲品。

令男孩哀痛的是，表哥從未將春水溪的詛咒放在心上，隔年表哥瞞著外婆，衣服、鞋子、棒球帽一脫，在雷雨將至的燥熱午後，噗通兩聲，愉悅的跳進了盛夏清涼已極的春水溪，也頓時大腿抽筋，四肢失去平衡，就這樣意外的沉入溪底，跟著永不見天日。男孩驚恐地形容，或者心跳結束的剎那，表哥撞見大頭在幽深的春水溪底，正興奮地張開雙臂擁抱著他，猶如那支沉沒了將近百年於異鄉飲恨的日軍。

說完鬼故事的男孩，望向窗外山中越來越猛烈的雨勢，稚嫩的臉龐露出驚惶的表情，深怕春水溪日軍的詛咒，會不會跟著即將到來的暴雨，奔騰而至，將他們的教室，瞬間淹沒。或許感受到男孩眼神中流露出來的恐懼，這時坐在離黑板最近的女孩舉手了，也悄悄走進小喬身邊，不知耳語什麼。學生看著小喬的臉色開始變得紅潤，以為女孩將要告訴大家好玩的鬼故事，說起電視上常常重播的兒童僵屍片，那些臉頰塗得紅紅白白的小鬼可笑的經歷。以致女孩還沒開口，台下的同學便笑岔了氣，直到小喬要大家噤聲，聽女孩講鬼故事，喧鬧的教室，總算安靜下來。

原來一百年前，小喬任教的小學是伐木廠，位於地勢險峻的深山森林，當時家境貧寒的年輕人，為了貼補家用，透過長輩的引薦，全成了這家伐木廠的血汗勞工。伐木廠的老闆對員工相當刻薄，不像他的女兒美麗溫柔，備受工人的愛戴。那年伐木廠內暗戀老闆女兒的，比比皆是，為此老闆不免擔憂掌上明珠，會讓那些粗鄙的人，給拐了去。

可防不勝防。某年某月某日，暴雨來襲的夜晚，老闆的女兒因為一場悲傷的戀曲，居然在伐木廠上吊自盡了，沒有人清楚含恨而終的她，究竟為了誰珠胎暗結，最終落到羞憤自絕的命運。只曉得從老闆女兒屈死那天起，每逢暴雨來襲的夜晚，整座森林就會聽見淒然的女聲，在黝暗的伐木廠，幽幽迴蕩。後來老闆因為女兒自殺傷心欲絕，半年後也跟著病故。

暴雨肆虐的午後，女孩張著那雙天真的眼睛，雙手扶著微微晃動的講台，顫抖地描述，自從伐木廠的老闆死了，只要有人在暴雨來襲的夜晚，走進那座伐木廠躲雨，總是去了，就沒有再出來，即便日後被人找到，多半成了腐爛發臭的屍體。那些進去伐木廠避雨的人，死的模樣相當恐怖，脖子上都有兩道深深的凹痕，就像是被誰用麻繩給勒斃。由於伐木廠一天到晚發現死屍，直到改建成學校前都沒有人敢再去。

「那麼改建成我們學校以後呢？還有人聽到伐木廠老闆女兒雨夜徘徊的聲音嗎？」座位靠近小喬的男孩，害怕的詢問起台上的女孩，期待能從女孩口中，得知學校不為人知的祕密。

一會女孩伸長了脖子，兩眼緊盯著男孩回說：「是的，改建成學校以後，確實有人見過。出現的地點，就在離我們教室不遠的廁所。」

那天午後，女學生剛跑完兩千公尺的接力賽，跟班上同學渾身是汗跑到廁所洗臉。當時明明還陽光耀眼，豈知才扭開水龍頭沖涼，一抬頭，四周居然變得陰暗異常，最初晴朗的天空，突然飄起雨來。即便這樣，從小在山中長大的女學生也不覺害怕，只當是夏季午後雷陣雨無預警地來臨。由於悶熱難耐，才洗好臉的女學生又同好友在水槽前比賽沖涼，這回她們邊洗邊戲水地誇耀：「瞧瞧誰洗完臉後，變得最美。」

天曉得，等她們一抬頭，看到鏡中的景象，全都嚇壞了。鏡子裡，除了她們，竟然還有一張美麗的臉孔，正微笑的看著她們：「我，最美。」

剎時女學生驚嚇到無法動彈，她的好友失聲尖叫地逃回教室向老師求援。令人不敢置信的是，等老師趕到廁所，學她們發下豪語，探問洗手台前的鏡子，看誰最美，那位神祕的鏡中女子，不但再度現身，更溫柔地凝視著老師：「我，最美。」

「那個老師，該不會嚇到當場昏倒吧。」

「鏡中美女，後來怎麼樣了？有從鏡子裡跑出來掐住老師的脖子嗎？」

「是啊，是啊。到底有沒有啊?!」

女孩站在午後教室漸次幽深的講台，被台下同學紛紛逼問著，顯得手足無措。小喬察覺了，隨即上台替女孩解危：「你們叫那麼大聲，不怕把鬼吵醒嘛，叫鬼冒出來，把你們給吞了。」

小喬的威嚇當真起了效用，幾個原本跑上講台追問女孩的學生，全都退回了座位。

一會緊閉的教室，瞬間被打開了，好多陌生人，突然一下子，湧了進來，他們全副武裝的，將教室厚重的窗簾迅速敞開，午後窗外的狂風驟雨，老早停了。可小喬和她為數不到十位學生，照樣坐在位置上，預備聽下一位同學講鬼故事，也興奮的望著不斷湧入教室的陌生人，看著他們一個個穿過自己的身體，面容憂戚地說：「包括老師在內，這間教室一共找到八具屍體。」

「等等，確定只有八具屍體嗎？」

這時前往救援的陌生人，一回首，竟發現窗外依然暴雨肆虐，方才想起來山林小學途中，山上有巨石正朝他們的車子，滾動而來。

不久小喬的臉顏，逐漸變成學校的鏡中美女，先前對小喬附耳的女孩，望著周遭諸多恐懼的眼神，突地雀躍地說：「媽媽，叫大家繼續講鬼故事嘛，等等，或許有更棒的人可以當替身，就像小喬老師去廁所照鏡子，也不知不覺變成了妳。」

話一說完，陰森的教室瞬間鬼影幢幢，入夜以後，窗內的故事，遠比窗外的風雨，更加猛烈。

4

窗

攝影／王俊智

窗

章家祥

我喜歡，床沿旁延伸的窗，肆意讓光絲、雨滴、煙霧沉浸，開窗。
窗，物理世界是由金屬、塑膠、複合媒材打造，屢屢遮擋住雨滴煙霧。
別忽略了陽光，秋日清晨的陽光酷愛撫弄著毛孔，像撫著貓兒的柔軟。
夏日的雨後，靜謐的窗內，喧囂的窗外，寧靜的耳窩，23度的空氣。
從窗的這邊望向或近或遠的景致，唯一不曾改變的是，眼球的角度。
以為窗景四季不同，以為四季不同，以為不同。
窗彷彿連結著窗外與屋內，糾纏著甚麼，透過晶瑩的玻璃聚合。
千愁萬緒在折射後，轉化成視神經的成像，不是那麼真實。
眼見為憑，並非都是真實，窗，動了甚麼手腳，我不會知道。
從窗口看出去的，心靈，不是一樣的，也不是因為景遷而心變。
心，拉扯著一條鋼索，穿過，窗的玻璃，緊扣著更遙遠的另一顆心。
我喜歡，窗沿旁延伸的陽光絲綢，恣意像柔軟的蠶絲，纏繞著。
窗的心靈世界，由一絲玫瑰香氣、一點雨後青草味，加上一點偏執而構築。

窗

怕鬼

單子祈從小怕鬼，遠比一般稚齡孩童對幽冥世界感到憂懼，那發自靈魂的顫慄，即便已是挺拔少年依舊如影隨形。有時驚嚇起來即連夜半入眠都要拉人作伴，而離他最近也最穩妥的依靠，便是愛他至深的母親李玉。因為李玉守口如瓶，偶爾單子祈害怕了，不敢獨自待在房間，尋她現身安慰，甚至宛如兒時陪睡，為了維護他的自尊，斷然不會跟外界吐露半句。

有回天暗的像洪荒混沌未開，父親單林心血來潮租了部贏得國際大獎的片子，聽聞是氣氛懸疑的影壇巨作錯過可惜，單林要兒子趁著大考結束不妨放鬆身心陪同雙親試膽。誰知電影才開始，窗外暗沉的夜便悄悄落起雨來，跟著劇情高潮迭起，最初微小的雨竟越下越大，滴滴答答的雨音伴隨著耳際不時傳來突發的閃電雷鳴，螢幕上猛然閃現的鬼影，嚇得單子祈臉色蒼白如紙，害怕的躲進母親李玉的懷裡，那無助的眼神恍如真有什麼鬼魅就要佔領他純淨的靈魂，讓他重返童年的夢魘。

想起幼稚園畢業前夕離奇的森林旅行。那日母親李玉一早幫單子祈備好甜點、細瑣衣物以及貼布藥膏，不忘叮嚀他出門在外一切小心，務必跟著老師寸步不離，絕不能貪玩脫隊跑去探險。等該交代的事都說完，李玉不捨望著單子祈在娃娃車按鈴催促後匆匆離去。

幼稚園安排的畢旅是三天兩夜的自然生態觀光，參加的學童都必需和老師一起住進當地聞名遐邇的森林小學。時逢燥熱無比的假日，偌大的校園除卻森林小學值班的警衛，僅有此番前去畢旅的幼稚園師生。由於來到新鮮陌生的環境，又置身於遠離塵囂的森林，孩子們無不準備大展身手，為首次畢旅增添點不一樣的回憶。不久在幼稚園老師的默許縱容下，幾個玩興高漲的男孩，飛快穿過女孩嘰嘰喳喳的耳語，也嘻嘻哈哈的沿途打鬧，旋風般溜的不見蹤影。其中自然包括當年調皮搗蛋又酷愛探險的單子祈。

那時老師對孩子瞬間消失並未放在心上，料準他們帶著捕蟲網、玻璃罐子和塑膠盒跑去附近森林抓甲蟲，說不定現在正興奮地翻動濃密的草叢，雀躍地張開探索的眼睛尋訪甲蟲可能出現的足跡呢。若是察覺了，那無數雙晶亮的眸子必然閃爍出朝陽般的光芒，彷彿跟著甲蟲飛舞的綠意，一個神奇繽紛的世界，就要在他們騰空的網中現身。

可壞了。直到入夜以後，幼稚園其他師生都用過晚餐，梳洗完畢也準備就寢，由單子祈帶頭去森林探險的男孩們還是沒有回來。這時急得滿頭大汗的園長打算報案，央求派出所出動員警搜山，怕一旦入夜氣溫驟降，迷路的學生會因為害怕無助周遭一片灰暗而頓失方向。倘若如此必定增加搜救的困難，萬一他們途中碰上黑熊、山豬、毒蛇的突然襲擊，全身而退的機會就越加渺茫。園長哀痛地說，「屆時真不知該怎麼同家長交代，白天才親手託付的寶貝，為何入夜就變成一具具冰冷的屍體。」

就在整座森林小學讓無故失蹤的幼稚園男孩探險隊，攪得天翻地覆幾近風雲變色時，單子祈突然領著同學，筐啷兩聲，推開森林小學後面的鐵門，一個個回來了。當晚猶似歷劫歸來的單子祈，無論園長老師如何詢問，都答不出在森林究竟發生了什麼。隔天一早，領隊的單子祈被園長喚去詢問。可礙於心焦如焚得園長探詢的語氣太過強硬，年幼的單子祈受不了園長的威逼，居然兩腿發軟也趴伏在地上痛哭起來，別再問我了，昨晚我都說過了嘛，不知道，不知道，我就真的不知道嘛。

由於單子祈的哭聲太過淒慘悲痛，驚的森林小學值班的警衛趕來辦公室安慰探視，也對盛怒不已的園長開導並祕密透露，您老就不要再逼他了。他不過是個孩子，哪曉得那片森林入夜以後的可怕，連我們住在這兒的都不敢輕易在那流漣出沒。您老帶學生來之前，難道沒聽說遊客在森林離奇失蹤，還好孩子們命大，拜老天保佑平安脫險了，對於迷失於森林的事，完全沒有印象。要是您再逼他，只會讓孩子精神崩潰更加難以承受，對於查出真相並沒有好處。

老早在幼稚園畢旅前，單子祈和同學無心誤闖的森林，就有過非常恐怖的傳說。聽聞有個老婦某日到那片森林砍柴尋找野菜糊口維生，途中竟遇見多年不見的親友，熱情邀她到林內住家小坐談心，老婦婉拒不了盛情招呼，便笑咪咪地隨他們一同前往，果真到了猶如世外桃源般的竹屋，只覺頓時豁然開朗，滿室盡是鳥語花香，親友不僅端出佳餚款待，更與她回憶起過往的青春際遇，談笑之間時光彈指而過，直到老婦起身拜別親友，忽覺腦海一陣刺痛，等她睜眼細瞧放在石桌的糕點，那即將入口的美味何時成了惡臭撲鼻的糞土，方才親友贈她紓困的金銀珠寶，不過是森林隨處可見的枯枝腐葉，回頭一望，初初拜訪的清幽竹屋竟化為廢棄不用的破舊工寮。這哪裡是人間仙境，簡直是可怕的地獄。

當老婦急欲逃離，令她驚恐的是，雙腿深埋泥地動彈不得。不單這樣，她的耳朵、她的臉顏，正無端襲來陣陣冷風，只聞風中幽幽聲響，您是嫌我招待不周嘛，怎麼沒說一聲拔腿就跑。先別急的離開啊，妳瞧，這是我費心幫妳燉好的醒腦湯，喝了這碗再走也不遲。

那時渾身雞皮疙瘩的老婦，發現手中竟抱著一顆猴腦，只見那血氣沸騰的潑猴睜著一雙哀怨的眼睛瞪視著她。至於老婦後來的命運如何？去年才來森林小學任職的警衛無奈表示，他不是很清楚，這個可怕的傳聞也是從附近居民那兒盜聽塗說的。只道森林多的是無法預知的魍魎，老弱婦孺晚上最好別去那兒走動，以免讓山林鬼怪誘拐到林中作客。

即便畢旅首日就有突發的災難，第二天傍晚，幼稚園仍依照慣例在森林小學舉辦營火晚會，由各班老師陪學生舉行成年禮的慶祝活動。孩子畢竟是孩子，先前猶哭得泣不成聲的單子祈，此刻竟眉開眼笑的跟著老師唱歌跳舞，和同學手牽著手，期待好玩的成年禮遊戲即將上場，渾然不覺森林有雙眼睛正窺探著他。

成年禮的遊戲

也許有過可怕的失蹤體驗，單子祈秀逸的眼眸迄今總難掩一抹淡淡的憂鬱，恍若他仍迷失在童年那座森林，被某種神祕的力量所幽禁，再也無法走出記憶。幼稚園畢旅的離奇遭遇盤據單子祈的腦海，造成他日後頭疼的宿疾，卻在這隱隱的疼痛中埋藏了如夢似幻的經歷。

從森林脫險的第二天黃昏，幼稚園的蔣老師告訴單子祈，要帶大家到學校的溜滑梯玩個有趣的成年禮遊戲，她甜甜地透露，她身上將繫滿五彩繽紛的汽球，躲進溜滑梯下面幽暗的小洞，等著同學來拿象徵夢想的彩球，她要他們千萬記得，只能從她身上取走一個氣球，絕不能貪心又去搶別人的。蔣老師神情認真的再次提醒，要是有誰敢不遵守約定，必然有壞事發生。之後，見同學們一個個臉色變得鐵青，隨即玩笑解釋，傻瓜，方才我說的話都是騙你們的啦，不這麼講，身上的氣球被搶光了也不夠用啊。

儘管蔣老師再三辯駁她的玩笑，只是提醒貪心的孩子不要在遊戲中佔同學的便宜，可聽在敏感纖細的單子祈耳裡，卻成了神祕的開端。太陽下山以後，長相甜美的蔣老師身上果然綁滿五彩繽紛的汽球，當真領著同學來到森林小學的溜滑梯。單子祈看著嬌弱的蔣老師先爬進塵土飛揚的小黑洞，將身上汽球安放在適當的位置，以免沒被搶走就讓周圍的碎石戳破，連串發出霹哩趴啦的聲響，像喜慶開工放炮，爆開的力道太強，剎時炸傷了她也嚇壞了同學。等一切就緒，大家聽蔣老師的哨音輕響，開始你推我擠地快步奔向溜滑梯的小黑洞，急切的以眼神在蔣老師身上挑選喜歡的顏色，想著如何出手奪下最閃耀的汽球，親眼見它在夜空中緩緩昇起。

當所有的人一哄而散衝到蔣老師跟前，掠取掛滿她身上的彩球，頭一個搶到紅色汽球的單子祈隨即避開人群，望著汽球在夜空升起的同時，溜滑梯旁居然有個眼神晶瑩的美麗少女正朝他微笑。等單子祈真靠近了，卻什麼也沒有，僅有風中傳來的回音，你忘了我？可我，卻忘不了你。那溫軟地召喚，宛如暗夜窗前的雨音，微微敲擊他的心。

可無論單子祈怎麼想，就是想不起究竟在哪見過少女。一會躺在溜滑梯小黑洞的蔣老師提醒搶到汽球的同學，先到操場那兒集合，待成年禮的遊戲結束，就要收隊去教室用餐，好準備營火晚會的表演。等蔣老師的哨音一響，單子祈卻發覺周遭喧嘩的人影全數消失殆盡，偌大的森林小學校園，除了他，除了蔣老師，除了寂靜無聲的暗夜，什麼也沒有。彷彿整個世界，他只有蔣老師，蔣老師也只有他了。然而對於這樣巨大的變動，當年僅有七歲的單子祈卻不感到害怕，反而有種熟稔的甜蜜，覺得眼前的蔣老師或許不是蔣老師，而是站在溜滑梯旁有雙晶瑩眼眸的美麗少女。

於是不過幾秒，單子祈恍惚聽見夜風傳來少女柔軟的輕音，發現蔣老師不知何時從溜滑梯的黑洞來到他的眸中，想起我了嗎?還是你全然忘記。忘了過去發生的一切，忘了那個蔚藍如海的窗櫺。等單子祈回過神來，身旁僅有襲入耳際的冷風，暗夜緩緩落下的雨滴。而蔣老師呢，才從不遠的溜滑梯黑洞爬出來，拍拍沾滿身上的泥沙，朝他叫嚷著，「單子祈，單子祈，你別站在那兒發呆啊，下雨了啊，趕緊跟同學到教室用餐。」那時穿著一身運動衫的蔣老師邊說邊笑，不由在雨間追著單子祈，輕快的馳騁了起來。那靈巧的身影，看在單子祈的眼裡，竟成了在水色中飛翔的美麗少女。只是這麼多年過去，單子祈再也沒有聽過夜風傳來任何回音。

周末午後，聆聽單子祈的童年奇遇，坐在雨窗前的孟曉蝶不免心生窺探，還會想見她嗎?那個眼神晶瑩的少女。單子祈沒有回話，只是望著窗外不斷滴落的雨，心想見不見，真有那麼重要嗎?有時，即便見了，也終將無計可施。

楊梨兒

單子祈容易心生膽怯，是源於幼稚園的離奇遭遇，可對母親李玉而言，他白淨討喜的樣貌，才是一切災厄的禍源。猶如瞎眼術士對李玉警告的，妳這兒子是文曲星轉世來人間歷劫，為此特別告誡李玉，帶兒子出門務必近身守護以防萬一。李玉起初半信半疑，雖聽在耳裡未必懸放於心，直到單子祈三歲那年差點遭人誘拐綁票，又念及幼稚園畢旅險些迷途身亡，以及無數發生在身邊一觸即發的危險，都讓這愛子如命的李玉，恨不得是觀音手持淨瓶柳枝，口中默念法語，即能為單子祈消災解禍。

那天黃昏，單子祈頭一回瞞著母親李玉留在學校晚自習。因為班導唐美美臨時有事，找來代課老師阿華管理學生秩序。可在阿華結結巴巴的威嚇下，班上該有的安靜沒有，整間教室卻變得熱鬧非凡，有種廟會趕集似的俚俗與暢快。全班擺明了都不想唸書，只想聽阿華的軍中奇談。單子祈對阿華嘴裡那些光怪陸離的故事絲毫不感興趣，他好奇的是轉學生楊梨兒為何總愛坐在教室窗前發呆，一雙欲飛的眸子在陽光底下彷彿就要迎風舞動了起來。那神祕飛翔的姿態使他念起孟曉蝶，想她一樣喜歡坐在窗前，望著花影綠意和他並肩吟詩，每念一句便要探問他一回。這時他若沉默，她竟要捉摸再三，直到他無處閃躲為止。如今在這楊梨兒身上竟是倒過來了，任憑單子祈怎麼小心試探，她仍是無動於衷。或者難得遇上一個如他倔強的人，單子祈對楊梨兒的好奇，非但沒被擊退，反倒激起他窺探的欲望。

今晚單子祈排除萬難留在學校晚自習，就是為了楊梨兒。前幾日四仔無意提及楊梨兒原來住在濱海小鎮，後因某事迫使她不得不轉來北城就讀。聽說這事還上了地方小報，沸沸揚揚地鬧了好一陣子，至於什麼事逼的楊梨兒離鄉投奔親友，後來藉由宋麗娥的挑撥，終於有了令人震驚的答案。

校花宋麗娥見相貌清秀的楊梨兒一轉學，便受到男同學的關注，妒忌之餘，竟四處散播流言，希冀透過這樣聳動的醜聞，讓大家認清楊梨兒不過是引誘夏老師的紅顏禍水，非但一手毀了夏老師幸福的婚姻，更害得夏老師身敗名裂投海輕生。錯愛她的夏老師死了，她卻照樣苟活於人世，離鄉背井地繼續拐騙男同學，當真是寡廉鮮恥。

單子祈以為楊梨兒聽了，會情緒激動地辯解，可是沒有，燥熱天候中，他期待看到的一場消暑提神的好戲不只沒轟動上演，還因為楊梨兒反應過度冷淡匆匆下檔。然而楊梨兒不為人知的隱憂，果如宋麗娥的謠傳，還是她有什麼難言之隱，即便遭受宋麗娥的羞辱，仍要為她的祕密忍辱負重。正是這份懸念，促使單子祈親近楊梨兒，企圖打開她緊鎖的心扉。

午休時單子祈聽四仔耳語，傳聞中為愛殉情的夏老師要來學校找楊梨兒，四仔叫他若要查出她的祕密，最好晚上留在教室自習。至於楊梨兒的夏老師為何從投海自盡到翩然現身，就要去問校花宋麗娥了，所有關於楊梨兒的流言都是由她狗嘴裡吐出來的。不過四仔斷定這次消息千真萬確，昨晚連父親的相好麗花都跟他笑嘻嘻的提醒，四仔啊，你們班明天有好戲可看囉，記得下課以後，回家再跟我說是歡樂團圓，還是悲慘結局。

禁不住四仔慫恿，此刻單子祈當真留在喧鬧不已的教室，一邊漫不經心的翻看明天班導唐美美要考的進度，一邊聽代課老師阿華誇張的軍中傳奇，聽他鬼扯半夜如廁巧遇狐仙勾引的豔遇，又如何撞見遊魂狂找頭顱的驚魂，一則則聽來煞有其事的親身經歷，鑽入單子祈耳裡竟像是神怪小說的翻版，想阿華老師為了取悅同學確是煞費苦心，光憑這點仍是令四仔銘感五內，覺得道貌岸然的學校少不得阿華老師這樣的甘草人物，為枯燥的求學生涯帶來樂趣。

時間一分一秒地過去，眼看晚自習就要結束了，楊梨兒那個為愛投海的夏老師怎麼還不出現，單子祈的心隨著教室的時鐘，滴答、滴答、滴答地響著，一雙窺探的眼睛不斷往窗外每個角落來回搜尋，那焦慮迫切的神色，恍如他才是苦候情郎不至的楊梨兒。就在單子祈快要放棄這磨人的等待，教室裡突地闖進一個瘦高蒼白的少年，全然不顧大家錯愕的眼神，竟當眾擁抱起楊梨兒來。更令單子祈驚訝的是，他發現少年映照於窗前的倒影，一雙含笑的眼眸，以及頰上閃閃爍爍的梨窩，怎麼看都是他白淨斯文的臉顏。

嚇得魂不附體的單子祈，隨即轉頭尋求四仔的援助，期待藉由四仔證實這一切不過是錯覺，傳聞中楊梨兒每天坐在窗前等待的夏老師怎麼會是他呢？可眼前緊擁著楊梨兒，面貌酷似他的少年又會是誰？天啊，這究竟是怎麼回事？

當單子祈憂懼地趴在桌上緊閉雙眼不敢面對逼近的現實，居然聽到有人喊叫的聲音，單子祈，單子祈，不要睡了啦，等會要考試了耶，唐美美馬上就要進教室。啊，是四仔的聲音，單子祈聽聞，隨即張開疲憊已極的眼睛，立刻抓住四仔的手，驚慌地問道，「那個轉學生呢？還有牢牢抱住她不放的少年呢？他們都跑去哪了？」

激動不已的單子祈只見四仔不解的盯著他，「你發神經哦，我們班哪來的轉學生？你是不是昨天熬夜讀書沒睡飽，大白天的盡說些夢話。」四仔要單子祈馬上清醒，趕快拿出紙筆準備考試，而單子祈仍是扯著四仔一再追問，就是那個老愛坐在窗前的楊梨兒啊，過去住在濱海小鎮的轉學生。

這回，換四仔臉色沉了，連忙低頭安撫單子祈，先別想太多，以前學校確是有人住在濱海小鎮，可是，可是，她已經死了很久，很久了，我看你最近真的是太累，這周日若你母親肯放人，我帶你去媽祖廟收驚。儘管得到四仔的及時慰藉，往後單子祈望向教室窗口，彷彿能看到楊梨兒那雙如蝶翩飛的眼眸，聽見那個同他長得一模一樣的少年，對著楊梨兒附耳，只要妳坐在窗前，望向蔚藍的天空，終有一天，我會穿越時光之海而來。

鬥

收驚回來以後，單子祈一顆倉皇的心逐漸恢復平靜，恍若什麼事也沒發生，他只是過度疲累跌進夢的陷阱，所幸夢終將會醒，他又能全力拓展人生。但一切都過去了嗎？對於單子祈來說，也許是，對於他的死黨四仔而言，卻是全新的探索。四仔深知出現在夢中的魅影絕不會莫名找上單子祈，四仔有種不祥的預感，單子祈還會出事。

四仔念起那夜領著單子祈到廟裡請阿來婆為他驅災避禍，整個儀式只見單子祈臉色蒼白，四肢不斷抽慉，忙著作法的阿來婆表情越來越凝重。常人片刻就能見效的收驚，輪到單子祈卻足足耗費了一小時。非但如此，那次收驚還害的阿來婆元氣大傷，傷筋動骨的程度猶如跟妖孽纏鬥了數十回合。當晚送走面無血色的單子祈，心有芥蒂的四仔，又跑回媽祖廟探問正在燒香的阿來婆，您老實告訴我，「收驚的時候是不是在我同學身上發現有陰靈纏著他？」此刻神明廳的媽祖無奈地望著阿來婆，阿來婆更是神色憂慮的對著四仔坦言，「我勸你，最好離你同學遠點，別惹麻煩，這事絕不是你能管得。他身上的陰靈，與他有前世糾纏，他若無心解決，那陰靈又堅持不放手，像今晚這種情形，還會持續發生。」

四仔聽了阿來婆的善意警告，內心變得無比沉重，想單子祈不過是少年，如何招惹學校傳聞中的幽魂，是的，除非像阿來婆說的是上輩子的冤親債主，因為彼此之間有未了的情緣牽絆，割捨不下且飄蕩人間的才會擾攘投胎者的生活。若真是這樣，四仔看在兄弟的情份上，明知單子祈有難，豈能視若無睹，不成，他得找父親老廖幫忙。四仔認定父親老廖在黃昏市場成天殺雞宰鵝地著實幹了幾十年的老闆，人面廣加上出手闊綽，閒來無事還熱衷濟弱扶貧，如此豐沛的人脈資源必能廣納各方消息。那麼陳年舊聞這等小事交給父親老廖打探鐵定使命必達。倘若父親老廖追蹤不成，還有他舌燦蓮花的相好麗花，可以同她說長道短的姐妹竊聽。四仔就不信這堪比天羅地網的搜尋還會查不出楊梨兒的身家背景，以及為何在學校跳樓尋死的原因。經過四仔幾日幾夜地明查暗訪，父親老廖和麗花阿姨連袂不辭辛勞地奔相走告，有關楊梨兒的事，總算在灰暗的天際，露出一線曙光。透露過往的正是楊梨兒的同學，如今賣魚營生的阿雄。

前天深夜阿雄在路邊攤喝了兩瓶高粱之後，突然抬頭望著天上的明月，臉色泛紅的追憶往昔。說起楊梨兒在半世紀前，由於樣貌清秀又彈得一手好琴，從東部小鎮轉來北城就讀，便在學校引起極大的轟動。那時每天清晨，總會有仰慕楊梨兒的少年，在她上學途中悄悄埋伏，膽小的像阿雄，只敢站在遠遠的暗巷，捕捉她俏麗的身影，也不敢冒然出現驚嚇心中的女神，臉皮厚一些的，如老廖則會出聲攔下佳人，可否賞他薄面讓他騎車送她上學；完全霸王硬上弓的，則像是富家少爺常雲生，別人騎鐵馬送楊梨兒上課，換成常雲生的派頭，竟是命司機天未亮就將雪白的進口車，直接開到楊梨兒家門口。那時常雲生總穿著畢挺時髦的舶來品，襯著他白淨斯文的俊俏臉蛋，露出頰邊一對閃爍的梨窩，姿態從容地靜候楊梨兒現身，那自信的模樣，彷彿她一開門，便要愉悅地坐進了他的車子，與他雙宿雙飛。

可楊梨兒脾氣倔得很，哪裡是常雲生的銀彈攻勢所能擄獲的芳心。以致不管是膽小的，臉皮厚的，還是霸道任性如常雲生，無論天天埋伏在何處，上學途中、校園角落、教室走廊，甚至不惜出資收買老師作內應打探，一樣被楊梨兒無視婉拒。猶似他們的追求仰慕，全是耳際鎮日嗡嗡作響的蒼蠅，不管貧富貴賤、出身樣貌如何，在她看來都是令人厭煩已極的騷擾。於是喧鬧了些時日，膽小家貧亦相貌平庸的阿雄，除卻內心默默依戀，只能黯然退出爭奪楊梨兒的愛情戰場，又臉皮厚的，雖心有不甘，但畢竟是七尺男兒，屢屢遭楊梨兒的白眼冷對，終覺顏面無光，愧對父母的栽培，更何況天涯何處無芳草，何必單戀一枝花，沒了這清麗少女楊梨兒，隔壁賣豆花的西施也不賴啊，大丈夫何患無妻。當一批熱血男兒都經不起楊梨兒的冷漠，紛紛對她失望也相偕打退堂鼓，只有一個人對楊梨兒始終如一，抱持著勢在必得的決心。那人，正是在校成績優越的富家少爺常雲生。

起初常雲生的猛烈追求，楊梨兒並不以為意，竟覺得份外嫌惡，只道常雲生仗著家中有些財富，便以為夜空中的星星只要他出錢吆喝，就有人冒著天塌下來的危險，也要為他登高豪取。可楊梨兒偏偏沒將那區區金銀放在眼底，更認定常雲生霸道的作風不過是素日狂風浪蝶，見一個愛一個的慣性手段，全無半點真情。那麼即便常雲生長的白淨秀逸，頗為令人動心也是枉然。一個懦弱無能的夏老師險些葬送楊梨兒的青春，害她落荒奔逃到異鄉落地生根，如果她再矇了心，只見常雲生眼前的好，豈不舊戲重演再陷絕境。

有了這些實質上的考量，對常雲生的滿腔熱血，一片真心，楊梨兒只能深藏於懷了。可嘆的是，孽緣終歸命定，劫數即是劫數，誰也躲不了。常雲生出生豪門，雖說僅是十七歲的少爺，自幼見過的世面，從鄰里書本聽聞的情愛也不算少，他從楊梨兒日常洩露的細微聲息，仍可知悉她對他，確是異於常人。倘若不是，楊梨兒絕不會在他天冷猶堅持站在門外守候，也親自領著快要凍僵的他進屋小坐，更特意為他端茶送湯驅寒，不忘愛烏及屋地叫他的隨從一併進來喝碗熱粥暖身。以致常雲生有絕對的把握，楊梨兒對他的好，並非沒心動，大多有人左右了她的決定，那人要不是她的父親，便是傳聞中為她投海自盡，卻又生還的夏老師。

據隨從不遠百里追蹤，常雲生總算對楊梨兒的夏老師，有幾分認識。夏老師本是楊梨兒的國文老師，大學畢業兩年，因奉父母之命，早早跟指腹為婚的對象，結為連理，不但家有賢妻，還有未滿周歲的幼子，堪稱年少得志，擁有美滿的人生。但夏老師卻不知足，在初識楊梨兒後，便枉為人師，情不自禁的對她展開追求，先是上課對她眉目傳情，後又私下寫詩相贈，傾訴別後衷腸。時日一久，情竇初開的楊梨兒不免對文采斐然的夏老師動了心。楊梨兒並非漠視夏老師已婚的身分，但一顆純潔無邪的少女心，依舊無法抗拒才華洋溢的夏老師對她的無限柔情，終致釀成大禍，讓她成為輿論交相指責的對象。鬧到最後，害得夏老師婚姻危在旦昔，更讓夏老師揹上誘拐少女的罪名，慘遭學校革職。由於感到一生無望，夏老師在萬念俱灰下，竟然跑到海邊尋短，還好落海不久，就讓返航的漁船發現也救了上來。

回聲

跳海尋短的夏老師，活是活過來了，卻喪失了記憶，誰也認不得。從醫院醒來，只問護士這是哪啊，他又是什麼人，對於前塵往事，全數忘得一乾二淨。連周歲的兒子來看他，也笑著問大家，這是誰家的男孩，怎麼長得這麼可愛。那癡傻的表情，聽得才結婚兩年的妻子肝腸寸斷，覺得她的後半生自此無依無靠了。事後醫生詳細檢查了好幾回，給夏家老小一個模擬兩可的答案，只說夏老師的頭落海撞到礁岩，導致腦裡有了凝結的血塊，這小小的血塊尚未消除前，是誰也想不起來了。幸運的是，雖然失去了記憶，卻無性命的危險，對於親友而言，仍是值得慶幸的。楊梨兒在北城得知夏老師獲救的消息，先是喜悅萬分，後聽聞他把往日拋諸腦後，淚不覺落成了窗外的雨。想他倒好，尋短沒死成，倒是在海裡重生了，把所有的牽掛、俗世的煩擾，全扔給了她，好像她才是離棄他的罪人，她是毀滅他幸福的禍害。如今他得到老天的垂憐，喪失了記憶，一剎間獲得了大家的同情，親友的憐憫，不像她只能落荒而逃，躲到異鄉慘澹度日。

常雲生自從得知楊梨兒的舊愛夏老師出院，便在親友的安排下，離開了濱海小鎮，至於去了哪裡，眾說紛云。有人說，夏老師帶著妻兒去美國留學，投靠遠親在異國定居，有意離開傷心地，與學生楊梨兒徹底斷得乾淨。又有人耳語，夏老師腦中的腫塊，始終沒好，記憶力越加衰退，後來被親友接走，不知送往哪家醫院治療，還有的悲哀地以為，夏老師的腫塊惡化，不僅奪走他的記憶，更害他沒有智力，蛻變成孩童，妻子為治好他的病，四處帶他求醫問卜，年紀輕輕的，竟愁得頭髮都白了。無論傳言如何，唯一確定的是，夏老師人已不在風光明媚的濱海小鎮。

有了隨從的打探保證，常雲生心中暗自欣喜，再也不怕夏老師跑來北城同他爭奪楊梨兒了。在愛情的戰場上除掉了主要的競爭對手，僅剩的那些潛伏於周遭的微弱聲響，只不過是手下敗將的最後哀鳴。正因為信心倍增，常雲生對楊梨兒的爭逐更顯任性霸道，彷彿愛情尚未立誓盟約卻有了嚴格的認定，往後誰想接近楊梨兒，都得經過常雲生應允。楊梨兒雖看在眼底，卻從不干涉，她如常看著他熾熱的眼神，一樣喜歡坐在教室窗前望著藍天，想著常雲生放肆的愛會不會也像夏老師一樣，任她的青春燃燒成灰。以致常雲生為楊梨兒付出的感情，她不是不心動，而是不能真的動心，怕萬一許下承諾，再也沒有任何退路。若非那夜突發的暗巷襲擊，楊梨兒決不會讓常雲生察覺，她對他日久生情的祕密。

當年覬覦楊梨兒美貌的，除了學校的男同學，自然還有風聞她絕色的混混。某日深夜，楊梨兒拒絕了常雲生的專車接送，獨自往偏僻的小巷回家，豈料途中冒出幾個無賴攔住了她的去路，只聞領頭身型粗壯的男人盯著她笑道，妳就是楊梨兒吧。嗯，確實有幾分姿色，難怪常少爺會喜歡妳。實話告訴妳好了，今天我受常夫人的委託，特地來此奉勸妳，沒事離少爺遠點。又聽說妳幹過見不得人的勾當，才會逃到北城落腳。既然這樣，妳也不是什麼良家婦女，看在妳長得俏的份上，今晚沒事就陪陪我吧，說不準，讓我舒服了，還有妳的好處。

楊梨兒猶來不及回話，剎時只見常雲生協同幾個隨從，突地自暗巷衝了出來，當真跟這群混混扭打。一會，巡邏員警聽到巷子裡有廝殺叫喊的聲音，連忙吹起哨子，快步趕了過來。領頭的男人見情勢不妙，朝天就是幾聲大吼，兄弟快逃，快逃啊，條子，條子來了。等警察趕至暗巷，之前鬧事的無賴早已遁逃無蹤。可刀劍無眼，為了幫楊梨兒抵擋無賴的猛然襲擊，常雲生雙手盡是鮮血，嚇得素日冷漠的楊梨兒，當場驚惶地哭了。那時，楊梨兒一顆顆焦灼的眼淚，看在常雲生的眸中，竟成了晶瑩無比的珍珠。械鬥隔天，楊梨兒由父親陪同，特地到醫院探望救她脫險的常雲生。可一到病房，誰也沒見著，只聽忙著收拾的護士傳話，常雲生讓母親派人接了回去，說是在家治療比較安心，若是等會有老師同學要來探病，就跟他們說，常雲生要在家休養幾日，等身體好了，才會返校上課。常夫人要大家不用擔心。哦，對了，常夫人還交代，若有位姓楊的女同學來看常雲生，要她不用在意，他生來古道熱腸，平時又喜路見不平，被他救過的女孩，也不知有多少。昨晚那事就當是幫同學的小忙，千萬別太往心裡去，想要報答什麼的，他們常家向來施恩不圖報，還請值班護士務必轉告。

楊梨兒得知常雲生母親的留話，內心已有了疏遠他的準備，即便這回她對他不只心動，也起了不該有的念想。想這常雲生比起懦弱無能的夏老師，確實有些擔當。昨晚恐怖的廝殺械鬥，他徹頭徹尾守護著她，那奮不顧身的模樣，又豈是日常嬌生慣養的少爺該有的行徑。若不是真心實意地喜歡著她，為了拯救她脫離險境，以他的傲慢自負，又哪會在暗巷跟一群無賴打架，沾污了他的雙手呢。

一週後，休養歸來的常雲生見楊梨兒獨自坐在教室窗前，聽著綠蔭中婉轉的鳥鳴，便也挨了過去。這回楊梨兒沒有推開他，只是細細探問，「好些了嗎?這幾日，你沒來上課，同學老師都擔憂著，怕你真有什麼，也見不著你。問的我都覺得罪過了，那晚，若不是因為我，你也不至弄成這樣，我心裡真是過意不去。」

常雲生靜靜聽著楊梨兒，在他耳際幽幽傾訴別後心境，儘覺得雨過天青，一切就要苦盡甘來，這回她的心，不只向著他，還兀自疼惜起他來。往昔她眉宇間的冷淡，如今在他的眸中，都化為似水的月色、柔情的牽絆。這回他勿需擔憂了，她早晚是他的人，即便現在還有少女的矜持，來日終將成為他的繞指柔。那麼即便她深愛的夏老師現身，跑來北城想與她重修舊好，常雲生這回也有了絕對的自信。如果她和他之間，迄今還有什麼難以突破的難關，他想，除卻愛他至深的母親，就沒有旁人了。

飛

母親對楊梨兒的防備之心，遠比常雲生預料地牢不可破。出院上課才幾日，他就在母親的周密布屬，將要動身到國外唸書。這石破天驚的決定，自然引起常雲生強烈的反彈，不惜與母親鬧得顏面盡失，也要留在學校同楊梨兒並肩求知。常雲生心想，這都什麼年代了，母親怎能以老祖宗食古不化的規矩，強迫他竄改人生，母親樂意成為上一代的犧牲品，嫁給連面都沒見過的父親，拋棄她曾發誓相守的戀人，可他不是絕決的母親，他做不出那樣辜負楊梨兒殘忍的決定。常雲生要為自己活，為楊梨兒信守盟約，爭取屬於他們的未來，絕不屈從於母親的一意孤行。楊梨兒懦弱無能的夏老師，已經棄她於不顧，跑到美國去過消遙的日子，常雲生無論如何，都不能步上他的後塵，一走了之。他們的愛情才剛萌芽，眼見著春風拂面，就要綻放出清麗的花朵，豈能因短暫的雷雨，捨棄撲鼻的芬芳。絕不可以的。常雲生心意已決，不由暗自起誓，若母親真要挾持他出國留學，他只能逃出家中華美的牢籠，選擇飛向自由的天空。

楊梨兒由醫院探望常雲生未果，又親耳聽聞護士替他母親傳話，對於他突然出國留學，自是體會良深。想常雲生是北城豪門少爺，母親必然對他寄予厚望，絕不願常家唯一的命脈，把光陰虛擲在一個聲名狼籍的女孩身上。母親承然是母親，懷胎十月生出的兒子，畢竟是橫在心坎的肉，若有誰憑空想掠取了，又豈能放著不管。那失去愛兒的痛楚，絕非靈丹妙藥所能治癒，儘管楊梨兒比誰都明白常雲生的母親，但她那顆同樣為常雲生敞開的心，卻依舊在暗夜裡，止不住地發疼。

對於楊梨兒一日比一日的黯然神傷，常雲生為了瞞住母親暗地監視的耳目，只能渾然不覺，又為使母親深信他有拋開舊情的決心，便刻意與楊梨兒漸行漸遠，讓眾人都認定常雲生對楊梨兒已有了嫌隙，如今不撕破臉，確是念在同窗的情誼，圖個好聚好散，日後分開了，若再重逢，彼此不致過於尷尬。再說常雲生出生名門世家，雖素日驕傲了些，好歹是知書達禮的少爺，若在露水姻緣上，與楊梨兒太過計較，未免有失身分。想那楊梨兒不過是來自濱海小鎮的少女，全因長得秀雅可人才得常雲生的憐愛垂青。今朝既然緣份已盡，枉論往日如何相知，楊梨兒都要僅守分寸，不該博取常雲生的同情。可悲的是，楊梨兒比誰都清楚，她看似純潔的容貌，早讓故鄉的海沉了，她的夏老師給毀了，此刻戀慕她的常雲生所見到的，不過是一副背負著過去屈辱的空殼。

當時卑微哀嘆的楊梨兒，豈能明白常雲生對她的疏遠冷淡，只是欺瞞母親的無奈伎倆。自然日益孤絕的她，只往哀愁的洞裡鑽，又想起過去慘痛的記憶，聽見來自鎮民對她的謾罵，看到父親如何倉皇帶她逃到北城落寞的生活。彷若楊梨兒一出生，註定是悲苦的人，即便生的花容月貌，仍像帶著珠寶的青樓女子，走到哪，落入風塵到哪，沒有誰會相信她的財富，是她賠上青春尊嚴換來的，只道她是趁著兵荒馬亂，吸乾恩客最後一滴血，也掠取的不義之財。

日復一日的憔悴，終讓楊梨兒的憂鬱無預警地發作。班上先是發現楊梨兒，坐在窗前的時間越來越久，後又探出她似乎有輕生的念頭。常常望向窗外，不自覺的吟誦起什麼，走進一聽，盡是傷春悲秋的詩詞，一旦被人發現，她竟趴在窗台傷心地哭了起來，那哀痛欲絕，彷彿是誰狠心離棄了她。

這一切的一切，常雲生都看在眼裡，內心即便萬分不捨，可為了閃躲母親銳利的眼睛，仍需視若無睹，持續冷漠以對，直到得知父親常俊即將返國的消息，常雲生胸中的大石總算著了地。

疼愛常雲生的父親常俊，為人開明公正，對妻子的管教約束，向來不滿，以為兒子長大了，凡事該有自己的主意，父母斷然不能利用威權強迫兒子屈從。因此當常俊在國外，一接到家中稍來的急信，得知在妻子的刻意安排下，常雲生將放棄現有的學業，飛往異國就讀，自是十分惱怒，覺得妻子無法掌握丈夫的生活，竟將主導權移轉到兒子身上，想控制兒子像過去監視他一樣，所幸他及時回來，攔阻了妻子的決定。

可是晚了。一切，都在楊梨兒縱身從四樓教室窗口一躍而下，輕輕劃下了沉痛的句點。由於楊梨兒的死，太過突如其來，整個校園，全然陷入一片淒風苦雨。後來楊梨兒出殯不久，學校就聽說，常雲生在家上吊身亡了，一封遺書也沒留，徒留他哭的死去活來的母親。至於向來高傲的常雲生，為何會毫不猶豫的走上死亡之路，距常家隨從驚愕地描述，楊梨兒跳樓那天雨夜，常雲生在夢中，居然看見她自窗櫺飛了進來，渾身濕透地向他微笑淚別，雲生，我要飛了，若你能飛，便跟著我，有了你，哪兒，就是自由的天空。雲生，告訴我，你能飛嗎？

也許真是那夜離奇的遭遇，讓痛失所愛的常雲生最終選擇自縊身亡，與他的楊梨兒離開了令他們悲愁的紅塵。倘若這樣，有了常雲生相伴的楊梨兒，為何往後的歲月魅影猶不時現身於教室窗前，難不成她有未了的心願等著誰幫她實現。阿雄聽跑來麵攤的四仔苦苦追問，許久之後，才哀傷的吐露，楊梨兒的靈魂出不去，遭人作法永遠關在四樓教室，無法投胎轉世。背地出錢請道士施法的，不是旁人，正是常雲生的母親。

死而復生

孤單一個人是什麼感覺，四仔知道，可孤孤單單渡過了半世紀的鬼魂，心底的幽怨會如何深沉，竟是四仔無法預料的了。

期末考前一週，四仔如常約單子祈來家裡複習功課，藉機詢問他收驚後可有夢魘？單子祈邊演算數學，邊不耐回道，沒有，沒有，你到底要問幾次。你最近是怎麼了，老問我些稀奇古怪的問題，那天在教室，我不過做了場白日夢，沒啥大不了的。以致單子祈要四仔專心備考，別再胡思亂想。一會四仔家門鈴響了，老廖急匆匆地從廚房出來，放著爐台上的三杯雞兀自散放陣陣香氣。四仔聽到鐵門開啟的巨大聲響，連忙由書房探出頭來，發現訪客竟是賣魚的阿雄。阿雄得知單子祈今晚會來四仔家，不免好奇究竟是誰在四樓教室撞邪。不探還好，一看，居然半天說不出話來。

阿雄只見單子祈一雙含笑的眼眸，頰邊忽隱忽現的梨窩，白淨斯文的臉顏，無法置信這世上竟有如此相似之人，若非四仔提醒，單子祈是他的同學，阿雄真要以為是富家少爺常雲生，死而復生了。

爾後四仔送單子祈回家的路上，單子祈按捺不住困惑，問起阿雄怪異的舉動所為何來，純粹是認錯了人，還是有什麼隱情。四仔深知單子祈的自負高傲，若要他不對阿雄多所猜測，最好的方法，就是以靜制動。於是四仔望了單子祈一眼，吐了吐舌頭，像是默認了單子祈的念想，賣魚的阿雄不只有難言之隱，更可能是寡人有疾，要不都年過六十了，怎麼還是光棍一個，無論父親老廖、麗花阿姨幫他介紹多少女人，都無法慰藉阿雄寂寞的心房。有了四仔似是而非的保證，滿心掛記期末考的單子祈，終於放下對阿雄的猜疑。

目送單子祈消失在社區大樓，四仔念著真相未明以前，不如瞞住單子祈，以免橫生枝節。阿雄至今未娶，並非眼高過頂，而是年少沖煞，以致無論同誰婚嫁，命定無疾而終，曾有人建議，不妨跟橫死的楊梨兒冥婚，娶其牌位供奉，再另配陽間姻緣，或許有轉圜的餘地。可楊梨兒的父親不願將女兒許配給阿雄這樣的粗人，那麼時光荏苒，楊梨兒依然是遊蕩在四樓教室窗口的孤魂，而阿雄仍舊在魚瘟菜場之間流漣往返，深夜望月興嘆也藉酒澆愁，恨不得半世紀前，能代替楊梨兒承受粉身碎骨的疼痛。

每每念及，四仔心頭一緊，單子祈會在教室夢見楊梨兒絕非偶然，阿來婆出言警告必是禍端的預兆，該了的情債終得償還，誰也阻止不了，就算常雲生的母親在世，一樣無法違抗命運的安排。據聞常雲生的母親在他自縊不久，就因一場意外，同丈夫常俊雙雙死於非命，顯赫一時的常家，逐漸走上衰頹的命運。

深夜返家，單子祈吃了母親李玉精心準備的宵夜，也拿了衣服轉進浴室洗澡，這是他一天中最放鬆的時刻，在這間佔地不到兩坪的狹小空間，他終於可以放心的做自己，不再顧及任何窺探的目光，尤其是自幼對他關愛備至的母親。在這兒除了耳聞屋外生鏽管子，偶爾傳來排污微弱的聲息，就只能聽見浴室蓮蓬頭瞬間噴發得嘩啦嘩啦的水音，嗅聞到身體周遭肥皂泡沫飄飛的暖暖香氣。那似有若無的芬芳，像是孟曉蝶同他耳語時傳來的髮香，也像是童年那座森林如風飛揚的清氛。單子祈喜歡這樣縱情奔放的感覺，恍如他獨自走在無人的沙灘，任著狂野的浪濤，剎時把他淹沒，也化成一波波潮水，將他帶離這喧囂的世界，讓他沉入海裡，那個望不見底的深處。在那兒，有他的孤單，他渴求的自由，他所有掩藏的祕密。

母親見單子祈進浴室好一會兒，便又喊道，快點洗，早些睡，你不是說明早學校還有複習考，老師要你提前到教室幫他發講義，你老這樣拖拖拉拉的洗，時間就無法掌控好，萬一明天你爬不起來，又要怪我沒把鬧鐘調好，害你上課遲到被老師責備。所以快洗好，浴室是讓你潔淨的空間，不是給你打電動的遊戲機。

單子祈不是沒聽到母親李玉門外的叨叨絮絮，只是堅持若連洗個澡，放鬆一下的自由都沒有，豈不成了科幻小說裡受到程式邏輯設定的機器人，他很敬重珍愛母親對他的好，可最後的底限，仍是有的。

母親的愛

午夜浴室裡放聲高歌的單子祈，擁有了疲憊一天後，難能可貴的自由，縱使母親李玉不斷提醒，他的自由是浪費生命的違規舉動，單子祈仍樂於在這封閉又安全的空間造夢，擁抱短暫的放風時間，在搓洗頭髮、輕柔撫觸全身的同時，不由念起孟曉蝶對他說過的話，你的頭髮洗了嗎？我猜，肯定沒有，要不怎麼窗台的風一吹，你的頭皮屑，就落的遍地都是，像晶瑩的雪，飄的我滿身盡是你紛飛的影子。

單子祈初聽這微微的怨懟，只是小小聲的反駁，這哪是我的，明明是妳偷偷越界，因為不小心被發現，只好把罪名往我身上推。我昨晚才洗過的頭，怎麼可能有髒東西往妳那兒跑。

孟曉蝶見單子祈為這等小事，氣得臉都脹紅了，一雙受盡委屈的眼睛，讓她看了，既感心疼，又覺孩子氣，想他難道聽不出這是玩笑話嘛，豈能真的放在心上。可單子祈偏偏任性得很，抓住把柄，便要對她窮追猛打，既然我是乾淨的，那必然是妳的異物隨風到處飛。一會孟曉蝶聽了，不忘輕笑道，啊，你頭髮是昨晚洗的吧，可我是天亮才揉好的，那你說，現在到底是誰的比較乾淨？常常，窗外樹稍頭的松鼠，就這樣看著孟曉蝶，把單子祈一張淨白的小臉，逼得無路可退。

那時週末午後，單子祈如常在母親李玉的殷殷護送，依約來孟曉蝶家上課。往往才進門，李玉見孟曉蝶，便是來回打量，孟老師，妳擦香水啊，這味道可真迷人。我的子祈來妳這兒學習，不只心靈上有了提昇，即連嗅覺也獲得前所未有的滿足。我的子祈能有妳這樣內外兼修的老師教他，當真是前世修來的福氣。

孟曉蝶看李玉說地謙卑有禮，無一句不阿諛奉承，可要是耳聰目明的，都聽的出李玉是話中有話，夾槍帶棍地警告孟曉蝶，只要她敢藉上課之便，行誘拐單子祈之實，身為母親的李玉，絕不輕饒。李玉不信孟曉蝶聽不出暗示，只是她心生波動，不捨放下眼前的單子祈。好比西遊記裡的蜘蛛精，蛛網都結了滿室滿屋，又豈能讓到手的唐憎肉平白飛了去。宛如獵犬般的李玉，自然察覺孟曉蝶眉目含情，同樣身為女人，更能體會女為悅己者容的心思。

送走單子祈多疑的母親，孟曉蝶滿臉欣喜地取來生日禮物，等著給單子祈意外驚喜。收到孟曉蝶的禮物，單子祈先是細細觀看精致的包裝，嘴上雖怨她不懂開源節流，可一旦念及，這所有的體貼全然為了他，心底仍不免湧現甜蜜的滋味，想她真傻，母親那凌厲的試探猶言在耳，她竟甘冒天打雷劈的風險往萬劫不復的深淵裡去。而這一切的一切，僅為了博取他的歡喜。於是單子祈一方心生感動，一方卻為孟曉蝶的處境憂心不已。因為沒有誰比單子祈更清楚母親的愛。

孟曉蝶回想初次與李玉相見，只覺她是疼惜獨子的慈愛母親，舉凡單子祈想不到的事，她都幫他擔待了，甚至不喜任何人插手，尤其是對他心生愛慕的女孩。只道不能讓兒子平白佔了人家的便宜，怕萬一師長得知了，對雙方都不好交代。孟曉蝶乍聽之下，認定李玉誠然明辨是非，久了才懂，那不過是怕女孩搶了她該盡的義務，剝奪了她在兒子心中無可取代的地位。單子祈是母親李玉唯一的兒子，鑲在心坎的一塊肉，誰也別想從她眼下挖了去。即便約同窗好友各帶兒女一起出國旅遊，那時若有不識相的，敢在她跟前強出頭，干涉她為兒子設下的規矩，她表面雖是不言不語，背後卻是暗地咬牙，儘覺旁人多管閒事，壞了她教養兒子的計畫。

李玉這幽微的心思，孟曉蝶耗費多時，才恍然大悟，想授課多年，從未遇見誰的母親，會將她寄給學生的禮物卡片，拍照回傳給她過目。更離奇的是，連她寫的卡片內容，李玉都要掀開拍照校對一遍，唯恐她慌亂寫錯了字，害得單子祈無法辨識。最初李玉這樣傳禮物傳生日卡的照片，孟曉蝶以為是母親關懷兒子的體貼之舉，幾回以後，她不免暗自驚心，問起單子祈，李玉此舉究竟有何深意，他又為何要將隱私盡皆公諸於世。豈料一追探，竟激怒單子祈反唇相譏，那妳告訴我啊，為什麼妳送我的禮物和卡片不能給她看，妳說啊，妳告訴我啊。

孟曉蝶訝異於單子祈的逼問，內心潛藏許久的怒火剎時點燃，「你是說，你心甘情願在她面前當個沒有隱私的透明人?那我告訴你，你肯，是你的自由，我無權干涉。可我為什麼要繼你之後，在她面前也成了透明人。我不信，你當真要過這種沒有隱私的生活，我不信你是心甘情願的。」

這時臉色黯然的單子祈，從最初的懊惱變得沉默以待，恍如孟曉蝶的話，擊中了他的要害，多年無以違抗的隱痛。

突變

期末考才結束，蕭逸軍突然病了，所幸是常見的急性盲腸炎，腸子割掉休養幾日，也就能回學校上課，並不會喪失學校推派他，參加李化文學獎的資格。

宋麗娥聽說，這是北城重要的文學獎，只要在比賽中脫穎而出，對未來大有幫助。去年蕭逸軍在班導唐美美的推薦下參加過一回，可惜高手如雲，早早被淘汰出局。這回為免重導覆轍，班導決定加派今年在縣市徵文獲獎的單子祈參加，期盼能在此次比賽中獲勝，一雪前恥。

正當單蕭馬不停蹄在班上書寫練習，準備投身李化文學獎的競技，有怪事發生了，蕭逸軍參賽的文稿居然不翼而飛，任憑宋麗娥查遍教室每個角落都找不到蕭逸軍的稿件。於是班上有人開始耳語，說四仔擔心好友單子祈會輸，為免除後患，不如設法逼退蕭逸軍。

令人訝異的是，向來心直口快的四仔面對班上的質疑，竟一笑置之。四仔想，單子祈絕非等閒之輩，課業和文采均與蕭逸軍平分秋色，有時更在蕭之上，這事同學有目共睹。因此文章被竊的懸案，相信不久便會水落石出。一如四仔預料，就在國文老師要幫單蕭報名當天，蕭逸軍憑空消失的稿件又出現了。據宋麗娥無奈解釋，這天大的誤會，都要怪班導唐美美，明明把蕭逸軍參賽的作品交給國文老師了，偏偏休假前也不說一聲，害大家錯怪四仔。儘管宋麗娥為了李化文學獎鬧的甚囂塵上，只差沒擊鼓鳴冤驚動校長前來稟公處理，參賽者單蕭卻依舊泰然自若，每天如常認真學習，埋首書堆不眠不休。或者在他們內心深處，比起大好前程，哪個徵文輸贏，根本不足為奇。對於蕭逸軍也許真是這樣，可對於凡事都想獨佔鰲頭的單子祈來說，即便只是蕭逸軍眼底漠視的文學獎，在單子祈的眼中都是邁向成功的里程碑，皇冠上不可或缺的鑽石。既是人見人愛的珠寶，豈有嫌多的道理，然而勝利來臨之前，往往必需付出代價。

自幼在母親李玉的安排下，單子祈從小二開始，每周都到創作班上課以增強語文能力，期間由於表現優異更常在報上發表作品，參加校內外徵文比賽榮獲佳績。縱使成績如此輝煌，單子祈的心卻有說不出的迷惘，覺得不斷在競技場中來回征戰，究竟是為了志趣，還是為了不辜負父母的期待。單子祈內心越來越困惑憂懼，深怕哪次參賽的表現令父母也令自己感到失望，周遭掌聲就要從此在他生命裡消逝。屆時疼愛他的父母還會以他為榮嗎？到了哪時，他會不會突變成卡夫卡小說中的那隻蟲，被摯愛的雙親毫不猶豫的趕出家門，沿途慘遭世人的冷言嘲弄，最後只能悲哀地躲進灰暗的森林。不，不行，他絕不能任自己變成一條噁心、卑賤的蟲。

也許，為了阻止這恐怖的突變在將來發生，單子祈一次比一次更加努力追求勝利的人生，以確保不致因任何挫敗，喪失握在手中的榮耀。即便這樣竭盡心神的發憤圖強，讓他漸漸喪失童年的純真與歡笑，讓他在午夜疲累不堪的從補習班返家的剎那，曾有叛逃的衝動，不自覺眼眶泛紅，隨著窗外的雨潸然淚下。可他終究沒有逃開，依舊拿出書包裡的鑰匙，輕輕扭動生鏽的門把，緩緩打開那扇充滿愛與期待，也充滿壓力與控制的門扉，聽到母親李玉日以繼夜等他歸來慈愛的聲音，任由家門瞬間在他的耳際迴盪出陣陣刺耳的閉合聲響，一次次看著自由再度被他拋諸腦後，直到眼前變得無邊的灰暗。

單子祈潛藏於心的莫大負荷，一半源於雙親的辛苦栽培，一半萌發天生的驕傲自負。初始孟曉蝶批改他的習作，以為他不過為了增加文中的戲劇張力，才會忘情寫下，

夜風冷斂地吹在我臉上，我的心竟比夜風還冰寒刺骨。走在孤單寂寞的

巷弄，聽著沿路滴落的雨聲，只想著回家要如何面對疼愛我的父母，怎麼告訴他們，我非但沒有達到他們的期望，這次段考的成績，更令自己感到羞愧無比，不知該如何踏入家門，親口告訴他們，我的懊惱與悔恨。

閱讀之後，孟曉蝶的心，不覺跟著單子祈文字披露的哀傷變得憂愁。想他是少年，怎能日日承受如此龐大的壓力與內心的煎熬，想著，念著，更為他的際遇感到萬分疼惜。難怪單子祈不只一回藉由書寫，紓發他埋藏的情思，善感多愁的記憶。那些溫柔已極的文字，細膩敏銳的探尋，無一不召喚夢裡知音，宛如幻想真能撫慰他漸次冰冷的心。像他在她面前祕密書寫著：

在夢境，他進入一場暴風雨，周遭只有樹葉，為了存活，而努力不懈的聲響，只有狂風殘忍的咆哮，在眼前，他看不到一絲光芒，只有黯淡。忽然，一道光劃破了天際，一位清秀且長髮飄逸的少女，緩緩朝他走來，就在少女牽起他的剎那，烏雲散了，雨停了，彩虹劃過天際，四周鮮豔的花朵為他們鋪起道路，小鳥跟著婉轉的鳴唱，大地重現了生機。

這便是愛，能讓所有悲傷煙消雲散，讓世界再度充滿色彩。終於，少女在他的心田播下愛的種子，將他帶離了暴風雨。種子萌芽了，將他心中的烏雲打散了，因為夢中的少女，正是他等待的，唯一的愛。

雙生子

李化文學獎的比賽結果，終於出爐了。整個下午，教室為單蕭參賽雙雙失利，瀰漫著一股低迷的氣息。

此刻不受比賽影響的唯有四仔。只見四仔愁眉深鎖，似乎有苦難言。不知道的，還以為四仔憂慮未來，即便有校可讀，多半是招不到人的學店，就算去混跡幾年有了畢業證書，找工作謀出路一樣形同廢紙，起不了作用。殊不知讀書這事，四仔在父親老廖的默許下早早放棄，並未抱有任何希望，反正老廖說了，老鼠生出來的兒子會打洞，四仔往後的歲月能圖個溫飽，有房可住有錢能使便也阿彌陀佛了，至於光耀門楣的神蹟，還是偏勞那位聰明絕頂的單子祈實現便好。

四仔叨念著，父親老廖滅自家威風的喪氣話，他比誰都心知肚明，可也要單子祈有命能夠金榜題名才算，若是高中之前就在學校遇上女鬼糾纏，怕是連校門都出不去，還談什麼光耀門楣呢。四仔的耽憂，並非傻人多慮，而是有跡可尋。

原來楊梨兒枉死半世紀，若找不著有緣人甘心為她付出鮮血，她不只無法投胎轉世，更可能化成厲鬼傷及無辜。四仔心想首當其衝的，莫過於單子祈，若非如此，他絕不會夢見楊梨兒，阿來婆也不會替他收驚時耗費功力，險些無以為繼。令四仔恐懼的是，面貌酷似常雲生的單子祈，很可能是常雲生投胎轉世。果真這樣，楊梨兒必然不會輕放單子祈，可人鬼殊途，就算她念在舊情不忍加害於他，她的陰寒之氣依舊會傷及單子祈，嚴重的話，還會要了他的命。單子祈可是家中獨子，母親李玉唯一的血脈，來日若有三長兩短，想疼他入骨的母親也不用活了。四仔越想越害怕，禁不住問起單子祈，近日可有夢魘？或者感到渾身冰冷沒有氣力。若有，絕不能隱瞞。

單子祈望著神色有異的四仔，不懂他話中的深意，只覺他是怪力亂神的電影看太多，家又住在媽祖廟的隔壁，成天與乩童神棍廝混，加上父親老廖信神拜佛虔誠已極，他的麗花阿姨又是出了名的靈媒，天時地利人和混雜起來，成就了他這顆道聽塗說的腦袋，念及他讀書若有議神論妖這般機靈，成績絕不會一片腥風血雨。

可單子祈又想，近日四仔會一直纏著他問東問西，肯定事出有因，若不是，以他的豪邁不拘，絕不會有所隱瞞。看來四仔隱而不語的，必然是大事，絕對與夢魘之後，到媽祖廟收驚有關。因為胸中有了盤算，單子祈便探問起四仔來，你老實說，是不是我身上有陰靈，那天收驚時阿來婆撞見了，你知道我膽小怕鬼，所以忍住沒說，可又怕陰靈繼續纏著我，才不敢吐露實情。

四仔見單子祈話問得又快又急，一時找不到理由搪塞，只能從實招來，說起塵封的往事，坦言單子祈的夢中少女，確有其人，正是半世紀前，在他們教室墜樓身亡的楊梨兒。聽了四仔鉅細靡遺地解釋，單子祈突然陷入沉思。

一會上課鐘響，班導唐美美進教室，隨即將試卷發了下來，要大家專心考試，因為師令如山，單子祈哽在喉頭的話，又吞了回去，想太早告訴四仔昨晚的奇遇，怕他大驚小怪說了出去，萬一傳到母親李玉耳裡便不好。自小到大，單子祈沒有任何事瞞得過母親，母親恍偌大羅金仙，眉眼微微一蹙，就能望穿他的心，即便他如何掩藏閃躲，母親都能從旁人口中打探，將他渾身摸的透亮。以致在浴室看見鏡中少年，絕不能讓母親察覺，怕四仔走漏風聲，連上回夢魘跑到媽祖廟收驚都跟著暴露出來，那就真的大事不妙。而今而後，恐怕連到校上課、去補習班學習、往四仔家教書，日夜苦候他的母親，都要有了保護的藉口也如影隨形。不，絕不能讓這樣的情形發生，那些時間是他僅剩的自由，不能再讓任何原因剝奪，他的生活，已經被壓得喘不過氣，倘若母親再干涉，他就真的只有死路一條，比起那種痛苦，他寧可讓四仔說的女鬼纏身，永遠從母親的愛中解脫。

單子祈念起那天深夜一進浴室，就覺得四周空氣變得異常冰冷，明明是酷熱的天候，兩坪大的狹小空間非但不顯煩悶，反倒有種逼人的寒氣環繞全身，內心雖感怪異，卻由於疲累只想儘快沖涼。於是單子祈蓮蓬頭一打開，任著嘩啦嘩拉的水聲淹沒了心中的疑惑。可浴室裡詭奇的氛圍並未因單子祈的漠視有絲毫改變，一股說不出的陰森，更加蔓延開來，直到單子祈那雙緊閉的眼睛從清亮的水音綻放，撞見浴室鏡中的自己。或者正確的說，是一個同他長得一模一樣的少年，穿著復古的學校制服正靜靜地望著赤身裸體的他，露出一抹淡淡的微笑，「記得我嗎？還是你全然忘記，像我一樣無聲地消失在雨中，忘記會飛，又該飛往何方。」

儘管鏡中少年，僅僅閃現在單子祈的眼前不到幾秒，可少年的眉眼笑意，頰邊那忽隱忽現的梨窩，分明是自己，只是少年身上穿的制服年代久遠，絕非學校如今的款式。奇的是，從小怕鬼的單子祈，對鏡中少年非但無懼，竟覺得異常親切，彷彿他們是離散多年的孿生兄弟，因緣際會下，在暗夜的鏡中重逢。念頭一轉，單子祈穿好衣服打開浴室大門，頓時感到無比安心，恍若這世上有誰替他分憂解勞。望著坐在客廳的母親李玉，不禁想，若他不是母親唯一的兒子，母親對他的關懷應該會讓他如沐春風，而非沉重的負荷與難堪，倘若母親珍愛另一個骨肉，他會不會從此獲得自由。

放學以後，去補習班的暗巷，四仔終於忍不住問單子祈，到底何事哽在喉頭，現在四下無人，大可一吐為快，哪怕是天塌下來，都有他扛著。本打算隱瞞到底的單子祈，見四仔這般肝膽相照，若再不透露半句，豈不見外。因此把昨晚在浴室內離奇的遭遇，全數告訴四仔，只見四仔細細聆聽，全身跟著鏡中少年的突然現身，驚得冷汗直流，同時心中不禁暗叫，這下糟了，單子祈真是常雲生轉世，看來一場浩劫，是避免不了，那在教室窗前飄盪的幽魂楊梨兒，遲早要找單子祈索求前世孽債。

今夜從阿來婆的媽祖廟返家，四仔回想起她的神色，總覺十分詭異，恍若他未開口求助，她就看穿他所為而來也出言安慰，所謂吉人天相，上回幫你同學收驚，雖探出有陰靈在他身邊出沒，可那陰靈並沒有惡意，只是有難求助於他，只要陰靈沒有攪亂他的氣場，並無生命危險。

四仔聽完阿來婆解惑，本想轉身告辭，後又念起單子祈在鏡中看見的異像，便也停下腳步回問老人家，若子祈在鏡中看見一個和他長得一模一樣的人，那是指他的霉運消失，還是有難將至。子祈告訴我，他在鏡裡清楚地看見，一個穿著半世紀前制服的少年衝著他微笑，那眼神，就好像他們是離散多時的孿生兄弟，透過一面鏡子，重逢了。阿來婆聽四仔的話，聽得心驚肉跳，暗暗明白，報應不遠了。

攝影／王俊智

最後的情書

單子祈看了看錶，時間還早，教室裡如常只有他孤單的身影，他永遠是第一個打開大門，第一個聽見教室老舊門扉發出嘎嘎聲響的學生，有時天空下起雨，紛飛的雨絲便要穿越窗櫺襲入他的眼眸，讓他恍惚遇見夢中的少女。那少女有張清麗的臉顏，一頭烏黑的長髮在雨中飛揚，宛如溫柔的水色。詩經裡描繪的情境，所謂伊人，在水一方，大約便是這樣。

夢中，教室窗前的少女，在單子祈幽微的心間，宛如幼稚園畢旅遇見的美麗女孩。迄今念及，單子祈不覺一驚，不得不相信四仔所言，半世紀前在教室窗口墜樓的楊梨兒，冥冥中，必然與他有所牽連，否則她絕不會出現在他的夢中，甚至是他的童年。一會四仔繼單子祈之後，走進教室，見單子祈站在窗前失神，便出聲探問，怎麼了，大清早就站在窗前發呆，小心風大，感冒便不好。

單子祈明白這是四仔對好友的體貼，深怕他不懂得照顧自己。那麼四仔去阿來婆那兒也打探了數日，為何不見四仔主動提起。四仔越是避而不談，單子祈胸口越是鬱悶難耐，可他的性情，四仔如不坦言，他是絕不追問，一怕為難人家，二怕問多了，也許會打草驚蛇，讓整件事更加撲朔迷離，弄到最後連母親李玉都知道，就麻煩了。

李玉雖未察覺單子祈的奇遇，卻瞞不住心思細膩的孟曉蝶。近日單子祈來家中上課，孟曉蝶總感到他心有旁騖，似乎有事困擾著，雖委婉探問，執扭如他，不說，便無人能強求。可單子祈的文字，終究洩漏了風聲。果然在近作中，單子祈忘情地寫著……

當你轉身離開，無法接受的我，心灰意冷的啜泣著，希望你能轉身安慰失魂落魄的我。想起我們初識那天，你總和旁人談笑風生，直到察覺我鬱鬱寡歡，你便試著和我攀談。可當時的我卻因為羞怯沒有回應你。豈料你並未放棄我，反倒找盡機會與我為友，終於你用熱切的溫暖擊碎我冰冷的外殼。從此我們無所不談，往後的每一天，我們就像是影子和太陽，終日形影不離，總是一起談心，一起坐在教室的窗前看著窗外蔚藍的天空，將把我們載往何方，是永遠的告別，或者來日重逢。而今，我們註定要分離了，我遠遠的望著你，和其他人有說有笑，似乎遺忘了我。直到你突然回首對我露出淺淺的微笑，也輕輕的揮別。雖然只是這樣，對我而言，卻是刻骨銘心。

讀完單子祈的文字，孟曉蝶感到渾身冰冷，盡覺這不是單子祈的筆觸，而是源於一個深深依戀他的少女，透過他的書寫，留給他最後的情書。因為擔憂，孟曉蝶深思之後便向單子祈探問，這故事可是誰的親身經歷，若不是，為何讀來總覺情真意切，很能體會文中主角的倉皇失落。故事發生的背景，顯然是熟悉的校園，人物若沒猜錯，應是如你一般年紀的少女。倘若沒有絲毫牽扯，你絕不可能揣摩出主角面對摯愛即將分離的悵惘。

這時的孟曉蝶，內心不由羨慕起文中少女的坦率，全然枉顧世俗的目光，一心藉由書信無悔的表白，即便那人不再回首，少女都決意將這段刻骨的依戀，永遠埋藏於心。如果這不是單子祈生命裡真實的體驗，他怎能以失魂落魄以鬱鬱寡歡來形容少女苦候的傷悲。

面對孟曉蝶的疑慮，單子祈眉眼之間顯得幾分猶豫，是真是假，有那麼重要嗎？除非妳望文生義，窺探我的隱私，像我的母親，成天對我捕風捉影。

單子祈的不滿反抗，越加印證孟曉蝶心中的猜測。倘若不是，他勿需橫眉豎眼對她指責，暗諷她此舉與他多疑的母親，又有何異，一樣以關愛之名，行監控軟禁之實。一個母親李玉已經夠受了，單子祈不要他的青春又葬送在另一個女人的手裡，特別是他視為知音的孟曉蝶。

煙消雲散

離開孟曉蝶家那晚，單子祈又夢到楊梨兒。夢中只見楊梨兒對他招手，輕輕呼喚他的名字，常雲生。才一轉眼，單子祈驚覺他竟成了鏡中少年，看著楊梨兒慢慢走向他，也牽起他的手，柔情地說，「雲生，你終於來了，終於穿越時光之海，回到我的身邊。」

午夜的夢境，單子祈聽見楊梨兒，對他的柔情，驚訝於他給她，不悔的承諾，「別擔心，梨兒，一切都過去了，我會像以前陪著妳，哪也不去了。再也沒有人可以拆散我們。」單子祈看著夢中的他，伸出一雙鮮血淋漓的手，緊緊摟著楊梨兒，也緩緩張開背上的雙翅，飛了起來。奇異的是，單子祈懷裡的楊梨兒，不知何時，竟成了孟曉蝶，深深凝望著他。

第二天從夢中驚醒的單子祈，只感到頭重腳輕，渾身像是被誰掏空似的，沒有了氣力。來到教室之後，一連考了兩堂，勉強寫完試卷，仍覺疲累不堪，又趴在桌上入睡。這一切看在四仔眼裡，自然察覺大事不妙，想單子祈必定受到楊梨兒夢中的召喚，受到她陰寒的干擾，以致精神萎靡，還好四仔有備無患，事先從阿來婆那兒求得平安符給單子祈安身避禍。阿來婆說了，屈死半世紀的幽魂楊梨兒，只要單子祈甘心為她付出鮮血，便能脫離詛咒，重新投胎，並不會傷害他，怕就怕單子祈腦海殘存的記憶，前世常雲生對楊梨兒的不捨，會動搖楊梨兒離開的決心，左右了單子祈的命運。所以阿來婆警告四仔，務必帶單子祈到廟裡超度，自常雲生的執念中破繭而出，如此一來，只要單子祈在夢裡付出鮮血給楊梨兒，即能助她脫離情海獲得重生。

阿來婆永遠記得，半世紀前那個雨夜，她親眼撞見的意外。那天晚上還是學校廚工的阿來婆，因為要送點心給弟弟，特意跑到四樓教室找他，誰知道在走廊就聽見教室傳來激烈地爭吵，那熟悉已極的怒斥正是弟弟的聲音。由於內心擔憂會出事，阿來婆越跑越快，最後幾乎要飛了起來，可還是遲了一步。就在阿來婆推開教室大門的瞬間，竟目睹弟弟跟楊梨兒在激烈地拉扯之後，使盡全身氣力把楊梨兒推出窗外，也在不斷迴蕩的雨音中，親耳聽聞楊梨兒摔落的巨響，剎時傳遍整座空蕩的校園。

那時阿來婆慌了，驚恐的看著弟弟，俯身對著窗外的暴雨，撕心裂肺地怒吼，「我這麼愛妳，妳的心卻始終只有常雲生，即便他棄妳而去，妳還是每天癡癡的坐在窗前，等著他回來。如果妳對我無意，為何要哭倒在我的懷裡，為何要抱著我不放。我要妳說啊，說啊。聽到沒有，楊梨兒。」

那天晚上，阿來婆趁著學校四下無人，帶著精神恍惚的弟弟，倉皇的畏罪離開，跑到母親開設的神壇，央求她為弟弟設法脫罪，這傷天害理的事，母親若非看在血緣的情份，絕不會昧著良知，但又怕枉死的楊梨兒心有不甘，變成厲鬼復仇，於是母親心一橫，居然施法將楊梨兒的魂魄，囚禁在四樓教室窗口。

阿來婆偷偷幫助單子祈，大義滅親的舉動，看在弟弟的眼裡，異常冷酷絕情。絕情的是，他的親姐姐居然對他見死不救，像當年的母親，到死都不肯替他避開天譴，盡說他害死楊梨兒罪有應得，要不是心軟念在母子之情，背天逆行救了他一回，以他的罪行早該墮入地獄，又哪能留在人間造孽。這夜，為了自救，他只能潛入校園，重新回到命案現場，當年的四樓教室窗口。藉著不知從哪聽來的旁門左道，認定在楊梨兒喪命之處，灑上一碗狗血，便能讓她魂飛魄散，永世不得超生。他憤恨地想著，既然不能囚禁楊梨兒，索幸毀了她。今夜，等著晚自習的學生，一個個離開了學校，他趁大門警衛打盹，隨即翻牆閃進位於四樓的教室，當他捧著狗血正打算淋在窗口，突地發現有道熟悉的身影凝視著他，那影子不是旁人，竟是上吊身亡的常雲生。常雲生和半世紀前一樣高挺俊秀，穿著學校制服，冷漠睨著矮小猥瑣的他，那眼神無比銳利，像是一把刺穿歲月的刀，冷不防地就插進他的胸口。等他稍稍清醒，想逃離教室，才發現一切都來不及了，他整個人不知怎地剎間摔出了窗外，他只聽見自己悽慘的哀嚎響遍了整座寂靜空蕩的校園，一如當年楊梨兒從四樓教室窗口迅速墜落，當場摔得血肉模糊。

同一天深夜，單子祈趴在書桌沉沉睡去，夢裡他看見自己化為鏡中少年跑到四樓教室窗口，在那兒，他冷冷地看著一個矮小猥瑣的男人，因驚嚇過度跌出窗外。夢境中的單子祈不但毫無愧意，反倒有種為誰復仇的暢快。

隔日清晨，學校警衛驚見男人意外墜樓的屍體，立刻通知警方前來調查，阿來婆聞訊，也以家屬的身分趕赴校園收屍，為她唯一的弟弟阿雄，處理後事。命案發生後，一週轉眼即逝，由於法醫驗屍結果，無他殺嫌疑，阿雄被判定是失足墜樓，草草結案。四仔得知阿雄的死訊，詫異的同時，卻感到他死得其所，也許唯有命喪於楊梨兒亡故的窗口，對阿雄來說，才是莫大的安慰，正所謂生不能同時，至少死能同處。

和四仔一樣深信阿雄死得其所的，還有四仔的父親老廖、麗花阿姨以及叫阿雄騙了數十年的市場鄰里。這些忠厚良善的老實人，甚至為了感念阿雄的癡情，特別出資，幫他和楊梨兒，在媽祖廟辦了一場感人至深的法會。唯有阿來婆心底清楚，弟弟阿雄是罪該萬死，哪是眾人口中的癡情種。

自阿雄死後，單子祈的夢魘跟著煙消雲散，不只浴室鏡中少年如霧退去，即連夢裡深愛他的楊梨兒都不著痕跡。所有的一切又恢復以往的平靜。四仔送給單子祈的平安符，在阿雄身亡那夜竟無故遺失，無論單子祈如何找尋，依然不見蹤影。徒留楊梨兒聲息的，唯有單子祈筆下那篇情真意切的書信。可單子祈並不記得他曾寫過那樣刻骨銘心的文字，堅決辯稱他是如何自負的人，孟曉蝶又不是不清楚，那些魂飛魄散、情愛纏綿的內容，豈是他能擁有的感性癡心。

那時單子祈的眼睛儘管凝視著孟曉蝶，心底卻浮現出夢中楊梨兒清麗的面容，竟覺得她們如此神似。但，怎麼可能呢？楊梨兒早於半世紀前墜樓身亡，而孟曉蝶卻是活生生站在他的眼前。此刻，細雨微揚的窗口。

後記／青春的回聲

讀《窗》

信仰自我也是一種人生視角。

我不曾要求每件事情都有自然科學的佐證，酷愛在自我的小宇宙中，擺盪著童年的鞦韆，盪啊盪！全然沉浸在自己建築的世界，而不是依循證據科學解析，隻身脫離故事情節。如果說夏天燠熱的氣候裡，能有一瞬解暑的涼水，誰會任性捨棄呢？

讀完窗後，一個念頭如山巒煙霧纏繞著我的腦袋，混濁而美麗的，不是每件事情，每個故事，都有清楚的結果與結尾，浸透在故事曲折裡的我，相信前世今生的情感，會在此生流竄，也許無法科學理性地解釋，而窗的美，就在一字一句的情感鋪陳裡，獲得重生的機會。信仰自我，不是一味的相信自我，而是在混沌感情漂流裡，抓緊一絲如剛的堅貞，才是信仰自我的本身。

（台灣大學　章家祥）

讀《電台的女人》

文章在真實與虛假中徘徊，隨著讀者往下閱讀，一層又一層的恐懼與真相被撥開，十分有臨場感，彷彿自己就身在那棟電台，體驗那詭譎的氣氛。

從電台的年久失修、霉味與灰暗，營造出電台的詭異，文中會客室出現的小女孩聲音，其實就是當年七歲、那個肇事的自己，小女孩口中說著：「好想你。」或許是欣喜於主角終於願意回頭，回頭看看自己的過去。

文章後段提到「醫生開的藥」，不禁讓人聯想，這一切的一切，是否都只是主角的幻想？自己已患上精神病，卻不願面對現實，而編出這一大段故事；而文章最後，主角想讓曹姐一次又一次受到火焰的凌遲，這是一種病態，也是報復，或許主角，真的瘋了。還有一點令人好奇，那位曹姐，到底是誰？文末提到她奪走了主角的父親，這背後的故事又是如何？更為整篇文章增添懸疑感，給讀者一分想像的空間，讓人意猶未盡。而主角的愛貓——小壞心，也是重要的一大角色，小壞心與主角相襯，貓咪的慵懶更凸顯出主角身在電台的焦慮，而小壞心問曹姐：「你到底是誰？」這是主角想問，卻問不出口的，因為她內心深處，已明瞭這女人的身份，而自己便是殺害她的兇手，小壞心正提醒著她，該學會面對了，面對最真實的、黑暗的自己。讀完這篇文章後，覺得很沉重，在一個個的轉折後，最終，竟是年僅七歲的主角放火燒了電台，這是多麼震懾人心的真相啊，整篇文章對於氣氛與場景的營造也很成功，能讓讀者身歷其境，閱讀時，刺激、恐懼包圍全身；而每位角色都有自己的定位，種種在電台中發生的「虛假」，更烘托出真相的黑暗，讓人直呼過癮。

（信義國中　曾玟瑀）

讀〈藍眼睛〉

藍眼睛一文中，從一開始就使人有種神祕感，老闆的消失顯示其中必有蹊蹺，場景的轉換讓讀者一步步進入水族箱中的魚世界，明白藍眼睛的耀眼原來多麼殘忍，老闆的無情，也從車內滲出的血漬現了蹤影，使讀者不寒而慄。

（恆毅中學　胡靖偲）

讀〈隧道〉

翻開《窗》這本書，我立刻就選了〈隧道〉這一篇小說。因為以前有看過一部韓劇，它的名稱就叫做〈隧道〉，不知道這兩部作品之間是否有所關連，所以我便選了它。我覺得〈隧道〉這篇小說，作者的安排十分巧妙，把兩場意外都設在同一個地點，讓讀者感到十分懸疑，這樣的精心布局，把讀者的心一步一步牽著走。一直看到最後，結局竟然跟我所想的不同，出乎我的意料！同一位兇手、同一個地點、來自同一個家庭的人……這不正是在暗示著人若是不記前車之鑑，一直在原地踏步，不就容易重蹈覆轍嗎？

看完〈隧道〉，我忍不住推薦《窗》這本書，讓大家也可以跟我一樣，欣賞到其他同樣精采的章節。

（弘道國中　陳銘）

讀〈飛天機器人〉

這篇小說，我讀了後非常驚訝，故事怎麼會有那麼大的轉折！而且還這麼有趣！從文章一開始出現的飛天機器人，衍伸到主角小時候的綁票案，一切由那尊飛天機器人開啟這篇故事，最後也由它來結束，劇情高潮迭起，讓人想一直讀下去，到最後，會發現原來飛天機器人，藏有許多人的秘密：主角童年的快樂和恐懼、楊立冬和林可的童年…等等，也不外乎這撲朔迷離的綁票案，這一切的所有事和那尊飛天機器人是緊緊相扣的，實在佩服作者在當中的穿針引線，創造如此耐人尋味的故事。

（中正國中　李英睿）

讀〈灰樓〉

當初一聽灰樓這個小說名時，便對這篇小說感興趣，它給人一種神祕、陰森的感覺，果不出其然，結局也給人一樣的感覺。

從灰樓的草長得特別快和那些老舊的車子以及濃蔭所給人神祕、陰森、幽暗的感覺，因為這樣許多有關灰樓的傳聞便在鄰居間傳開來，但李薇反而好奇心大發想要知道灰樓過往的歷史，而展開一連串故事。文中最後齊悅所說的那段話「永遠陪著我，哪也不去。」當下我難以想像如果是自己該如何是好，齊悅好像是把李薇當成他的初戀，對李薇有好感也是因為自己的初戀，卻怕李薇像初戀離開他？讀到這不禁倒抽一口氣，齊悅其實並不像外表光鮮亮麗，他心中照不到太陽的地方太多太多了，我想他就是太愛了，愛到變恨，才會做出這些事。另外有一點令人起疑，迎新聚會時，齊悅明明答應要來接李薇，最後卻沒來是為了什麼？為了激起李薇的好奇心嗎？好讓她知道真相嗎？這些沒有解開的謎團只能靠讀者自己想像了。文章中李薇的父母親，是個關鍵的角色，如果沒有他們，就無從得知齊悅背後的陰暗面，其實每個人一定都有一個只有自己，或少數人才知道的另一面，這一面也許很可怕，但治癒好，戰勝心魔，又或是有個能陪你度過難關的人，也許就有機會痊癒吧！整體節奏掌握非常好，氣氛也營造的相當懸疑，彷彿在看一場電影，令人拍手叫好。

（溪崑國中　周愛林）

讀〈飛天機器人〉

這篇小說，最一開始吸引我的原因，就是因為標題帶給人的感覺很快樂，但讀過之後，結局出乎我的預料之外，這其實是帶給人些許害怕的一則恐怖故事。

故事中的主角——李白，原本是一位聰明且孤僻的資優生，卻在六歲那年，被突然混進幼兒園的匪徒綁票，當時他在幼兒園認識的一位大姊姊——林可，為了營救他，不惜和歹徒搏鬥，卻深重多刀當場死亡，這件事不但震驚了社會，也使得年幼的李白，受到了嚴重的創傷，但事實真的是這樣嗎？從頭看來，這起殺人案，只不過是場騙局罷了，但也真是奇怪，為什麼最後林可還放走陳遠，是為了幫助他逃亡，還是乾脆決定犧牲自己？

故事中的飛天機器人，經歷許多數不清的事物，感覺他就像是黑洞般，是一個神祕的時空隧道，裡頭有許多不堪回首的故事。

（格致中學　陳圊男）

讀〈臉上的祕密〉

「謊言」是我們心中的小惡魔，總是偷偷的進駐我們的心，又在我們毫無預警的情況下開始作亂

小說中，阿凱因為心中隱瞞多年的祕密被暗戀的對象甜甜一一揭穿而良心不安。最後，終拗不過良心的苛責，選擇自首。或許，從收銀機中淌出的鮮血，及那本罪狀日誌，全是阿凱所想像的，但是如果那一夜，在他們撞傷人後，沒有為了逃避責任而丟下他，他也不會有罪惡感。這就是「謊言」最可怕的地方，當阿凱犯下錯時，謊言不會立刻開始作祟，他會讓你為自己的小聰明

而開心，但，他早已深深地植進你的心。等待時機成熟，再將你的心吞噬。

根除謊言所帶來的罪惡，唯一的方法就是承認並補救。或許，這是一段困難的路，也許你將因此付出極大的代價，但如果你不承認，也並不代表永遠不須承擔後果。

（薇閣中學　林亮妤）

語言文學類　PG2034　SHOW小說43

窗
——曾湘綾驚悚小說選

作　　者 / 曾湘綾
責任編輯 / 徐佑驊
圖文排版 / 詹羽彤
封面設計 / 楊廣榕

發 行 人 / 宋政坤
法律顧問 / 毛國樑　律師
出版發行 / 秀威資訊科技股份有限公司
114台北市內湖區瑞光路76巷65號1樓
電話：+886-2-2796-3638　傳真：+886-2-2796-1377
http://www.showwe.com.tw
劃撥帳號 / 19563868　戶名：秀威資訊科技股份有限公司
讀者服務信箱：service@showwe.com.tw
展售門市 / 國家書店（松江門市）
104台北市中山區松江路209號1樓
電話：+886-2-2518-0207　傳真：+886-2-2518-0778
網路訂購 / 秀威網路書店：https://store.showwe.tw
國家網路書店：https://www.govbooks.com.tw

2018年12月　BOD一版
定價：300元

國家圖書館出版品預行編目

窗：曾湘綾驚悚小說選 / 曾湘綾著.-- 一版. --
臺北市：秀威資訊科技, 2018.12
面； 公分
BDO版
ISBN 978-986-326-629-7(平裝)

857.63 107019097

讀者回函卡

感謝您購買本書，為提升服務品質，請填妥以下資料，將讀者回函卡直接寄回或傳真本公司，收到您的寶貴意見後，我們會收藏記錄及檢討，謝謝！如您需要了解本公司最新出版書目、購書優惠或企劃活動，歡迎您上網查詢或下載相關資料：http:// www.showwe.com.tw

您購買的書名：________________________________

出生日期：________年________月________日

學歷：□高中（含）以下　□大專　□研究所（含）以上

職業：□製造業　□金融業　□資訊業　□軍警　□傳播業　□自由業

　　　□服務業　□公務員　□教職　□學生　□家管　□其它_____

購書地點：□網路書店　□實體書店　□書展　□郵購　□贈閱　□其他

您從何得知本書的消息？

□網路書店　□實體書店　□網路搜尋　□電子報　□書訊　□雜誌

□傳播媒體　□親友推薦　□網站推薦　□部落格　□其他__________

您對本書的評價：（請填代號　1.非常滿意　2.滿意　3.尚可　4.再改進）

封面設計____　版面編排____　內容____　文／譯筆____　價格____

讀完書後您覺得：

□很有收穫　□有收穫　□收穫不多　□沒收穫

對我們的建議：________________________________

____

____

____

請貼
郵票

11466
台北市內湖區瑞光路 76 巷 65 號 1 樓
秀威資訊科技股份有限公司 收
BOD 數位出版事業部

………………………………………………………………………………

（請沿線對折寄回，謝謝！）

姓　　名：＿＿＿＿＿＿＿＿　年齡：＿＿＿＿　性別：□女　□男

郵遞區號：□□□□□

地　　址：＿＿＿＿＿＿＿＿＿＿＿＿＿＿＿＿＿＿＿＿

聯絡電話：(日) ＿＿＿＿＿＿＿＿＿＿ (夜) ＿＿＿＿＿＿＿＿＿＿

E-mail：＿＿＿＿＿＿＿＿＿＿＿＿＿＿＿＿＿＿＿＿